उलटा लटका राजा

उलटा लटका राजा

सुधा मूर्ति

प्रभात प्रकाशन

प्रकाशक
प्रभात प्रकाशन प्रा. लि.
4/19 आसफ अली रोड, नई दिल्ली–110002
फोन : 011–23289777 • हेल्पलाइन नं. : 7827007777
इ–मेल : prabhatbooks@gmail.com ❖ वेब ठिकाना : www.prabhatbooks.com

संस्करण
2025

अनुवाद
श्वेता भट्ट

आवरण
प्रियंकर गुप्ता

पेपरबैक मूल्य
तीन सौ रुपए

मुद्रक
नरुला प्रिंटर्स, दिल्ली

———— ★ ————

ULATA LATKA RAJA
by Smt. Sudha Murthy
(Hindi translation of 'THE UPSIDE DOWN KING')
Published by **PRABHAT PRAKASHAN PVT. LTD.**
4/19 Asaf Ali Road, New Delhi-110002

ISBN 978-93-5322-405-9

₹ 300.00 (PB)

मट्टूर नंदकुमार

के लिए,

जिन्होंने विदेशी भूमि पर भारतीय संस्कृति के संरक्षण के लिए अथक प्रयास किए हैं।

परिचय

भारत में भगवान् राम और भगवान् कृष्ण लोगों के दैनिक जीवन में एक महत्त्वपूर्ण भूमिका निभाते हैं। चाहे कोई किसी भी राज्य में रहता हो या कोई भी भाषा बोलता हो, उन्हें सब जानते हैं! इसलिए यह आश्चर्य की बात नहीं है कि उनके व्यक्तिगत जीवन की उपलब्धियों को विभिन्न तरीकों से मनाया जाता है। उदाहरण के लिए, रामनवमी का त्योहार भगवान् राम के जन्म को चिह्नित करता है और विजयादशमी या दशहरा प्रसिद्ध रूप से प्रभु राम की भटके हुए रावण पर विजय को याद करने के लिए मनाया जाता है। इसी प्रकार कृष्णाष्टमी या जन्माष्टमी वह दिन है, जब भगवान् कृष्ण का जन्म हुआ था और दीवाली उस दिन के रूप में जानी जाती है, जब कृष्ण ने नरकासुर को मारा था।

राम और कृष्ण से उनके संबंध के कारण अयोध्या, मथुरा, द्वारका, गोवर्धन, पंचवटी और चित्रकूट जैसे स्थान लोकप्रिय तीर्थ-स्थल बन गए हैं।

राम और कृष्ण दोनों ही शाश्वत रक्षक भगवान् विष्णु के मानव अवतार माने जाते हैं; इसके बावजूद दोनों के व्यक्तित्वों और दृष्टिकोणों के बीच एक बड़ा अंतर है।

राम का जन्म त्रेता युग में हुआ था—उन चार युगों में से एक, जो संसार की आयु को परिभाषित करते हैं। उनकी कथाएँ अकसर चित्रों, साहित्य, नृत्य और संगीत में दरशाई जाती हैं। महाकाव्य 'रामायण' विभिन्न भाषाओं और विभिन्न शीर्षकों के साथ अनेक संस्करणों में मौजूद है; जैसे—वाल्मीकि रामायण, अद्‍भुत रामायण, उत्तर रामायण, तुलसी रामायण, कंब रामायण, जैन रामायण, पंपा रामायण इत्यादि। विभिन्न संस्करणों के बीच अंतर के बावजूद मूल कथा वही बनी रहती है।

राम की पूजा एक आदर्श पुरुष, पुत्र और शासक के रूप में की जाती है। वे एक आज्ञाकारी पुत्र थे और अपनी पत्नी सीता के प्रति बहुत समर्पित थे। उनका शासन काल रामराज्य के रूप में जाना जाता है और आदर्श माना जाता है, जहाँ अपराध, दु:ख, निर्धनता या भ्रष्टाचार का कोई स्थान नहीं था। उनके राज्य में शांति और प्रसन्नता का राज था, जहाँ राजा द्वारा प्रजा की बहुत देखभाल की जाती थी और बदले में वे अपने राजा से प्रेम करते थे और भगवान् की तरह उसकी पूजा करते थे। राम की अनुकरणीय तीरंदाजी की कहानियाँ ऐसी थीं कि कहा जाता था कि उनके द्वारा चलाए तीर का गंतव्य तक पहुँचना निश्चित था, चाहे वह कुछ भी हो। शब्द 'रामबाण' इसी किंवदंती से निकला है, यह दरशाते हुए कि संदर्भित घटना का होना निश्चित है।

राम बेहद धार्मिक थे और सही व गलत पर आधारित अपने सभी निर्णय अपने धर्म के अनुसार लेते थे। वे मानते थे कि एक तपस्वी की तरह एक शासक को भी अपना जीवन सांसारिक विचारों और इच्छाओं से पूरी तरह विरत होकर बिताना चाहिए, तभी वह एक निष्पक्ष और न्यायपूर्ण राजा हो सकता था। हालाँकि इस विश्वास की उन्हें एक गंभीर व्यक्तिगत कीमत चुकानी पड़ी थी—अपनी प्रिय पत्नी सीता से अलग होकर।

भगवान् कृष्ण हालाँकि भगवान् राम से बहुत अलग थे। उनका जन्म द्वापर युग में हुआ था। हालाँकि उनका जन्म एक राजसी परिवार में हुआ था, लेकिन उनके पिता वसुदेव उन्हें उनके मामा कंस से बचाने के लिए, जिसने जन्म लेते ही उन्हें मारने की योजना बनाई थी, मध्य रात्रि में लेकर चले गए थे। उनके पिता ने अपना प्रिय पुत्र अपने मित्र नंद और उनकी पत्नी यशोदा को सौंप दिया था। इस प्रकार, कृष्ण गोकुल नाम के गाँव में एक ग्वाले के रूप में बड़े हुए। अंतत: उनकी नियति उन्हें मथुरा ले गई, जहाँ उन्होंने अपने क्रूर मामा कंस का अंत किया। राजा बनने का अवसर मिलने के बावजूद उन्होंने उसे स्वीकार नहीं किया। बाद में वे अपने वंश को द्वारका ले गए, ताकि अपने लोगों को युद्ध, दु:ख और अपने शत्रु जरासंध के हाथों निश्चित मौत से बचा सकें।

महाभारत के महान् युद्ध में कृष्ण अर्जुन के सारथि और मार्गदर्शक थे।

हालाँकि उन्होंने वास्तविक युद्ध में भाग नहीं लिया था, किंतु परिणाम में उनकी एक महत्त्वपूर्ण भूमिका थी।

कृष्ण की कथा 'श्रीमद्भागवत' में वर्णित है, जिसमें भगवान् विष्णु के सभी अवतारों के जीवन का विवरण है। रामायण की ही तरह इसके विभिन्न भाषाओं में कई संस्करण हैं।

राम के विपरीत कृष्ण को रूमानी माना जाता है, जिन्हें हर कोई प्रेम करता था और जिनसे एक प्रकार का ईश्वरीय आकर्षण प्रवाहित होता था, जो युवाओं को और वृद्धों को समान रूप से आकर्षित करता था। गीत और भजन अकसर उनकी रासलीला (गोपियों के साथ उनके नृत्य), राधा के लिए उनके प्रेम और पांडवों के साथ उनकी अनूठी मित्रता की कहानियाँ बताते हैं। लोग कृष्ण की करुणा, उनके साथ जुड़ी प्रसन्नता, उनके आकर्षण और उनकी बाँसुरी के जादुई संगीत के कारण उनसे प्रेम करते हैं। वे अकसर आशा की एक किरण बनकर आते हैं।

हम सभी ने भगवान् राम और भगवान् कृष्ण के जीवन की आमतौर पर सुनाई जानेवाली कथाओं को सुना है। इनके कई संस्करण उपलब्ध हैं, जो पुस्तकों और इंटरनेट पर आसानी से पाए जा सकते हैं। मैं केवल देवताओं के रूप में उन्हें प्रतिबिंबित करने की बजाय थोड़ी और गहराई में जाकर उनके मानवीय पक्ष की कहानियाँ बाहर लाना चाहती थी और यही कारण है कि इस समय यह पुस्तक आपके हाथों में है।

आभार

मैं मट्टूर नंदकुमार या नंद को लंबे समय से जानती हूँ। वे एक असाधारण व्यक्ति हैं। धन से उनका सराहनीय अलगाव और भारत एवं उसकी संस्कृति से जुनूनी लगाव ने यू.के., विशेष रूप से लंदन में एक महान् छाप छोड़ी है। पिछले तीस वर्षों से उनके जबरदस्त काम से भारत और विदेशों में कई लोगों को इस खूबसूरत देश की संस्कृति व विरासत के बारे में जानने में सहायता मिली है। यह उनके अथक प्रयासों का परिणाम है कि आज भारतीय विद्या भवन, लंदन भारत का एक जीवंत सांस्कृतिक केंद्र है। मैं उन्हें एक सच्चा सज्जन पुरुष, कला का एक महान् गुणक और सब से ऊपर, एक अच्छा इनसान मानती हूँ।

मैं अपनी विश्वसनीय और शानदार संपादक श्रुतकीर्ति खुराना की और साथ ही बहुमूल्य सुझावों के लिए डॉ. प्रवीण मूर्ति की आभारी हूँ।

सबसे अधिक, मैं उन युवा पाठकों को धन्यवाद देना चाहती हूँ, जो हमारे देश की समृद्ध पौराणिक कथाओं पर मोहित हैं, जो हम सभी को एकजुट करता है।

अनुक्रम

कृष्णं वंदे जगद्गुरुम्

रघुनंदन राम

सूर्य वंश

इतिहास के विभिन्न युगों में भारत पर कई वंशों ने शासन किया है। उनमें से एक प्रमुख वंश है—सूर्य वंश। इस वंश को 'इक्ष्वाकु वंश' भी कहा जाता है। इक्ष्वाकु का शाब्दिक अर्थ है—'वह, जो आँखों को सुखद लगे।' इस वंश में कई महत्त्वपूर्ण राजाओं और राजकुमारों का जन्म हुआ था; जैसे—विश्वामित्र, हरिश्चंद्र, ककुत्स और राम।

एक समय खट्वांग नाम का एक राजा था, जो एक शक्तिशाली शासक था। दिलीप के नाम से भी जाना जानेवाला यह राजा सुंदर और साहसी था।

एक दिन जब दिलीप को रास्ते में दिव्य गाय कामधेनु मिली तो वह उसका सम्मान करना भूल गए। अपने कोमल स्वभाव के कारण कामधेनु ने इस बात पर ध्यान नहीं दिया। लेकिन देवतागण आहत हो गए और सोचने लगे कि राजा को उसके साथ बेहतर व्यवहार करना चाहिए था। उन्होंने कहा, "गाय दूध देती है और मनुष्यों के लिए माता तुल्य होती है। गाय का सम्मान न करना उतना ही बुरा है, जितना कि अपनी माँ का सम्मान न करना। महाराज दिलीप को यह समझना चाहिए। जब तक वह यह बात नहीं समझते, उनके स्वयं के कोई संतान नहीं होगी।"

जैसा कि देवताओं का शाप था, दिलीप लंबे समय तक निस्संतान रहे। उन्हें यह बात बहुत परेशान करती थी और वह अकसर सोचते थे, 'मेरे वंश को आगे कौन बढ़ाएगा?'

इसलिए एक दिन वह अपने गुरु मुनि वसिष्ठ के पास गए, जो सप्तर्षियों में से एक थे। राजा दिलीप ने अपने गुरु से पूछा, "गुरुदेव, क्या मुझे उत्तराधिकारी प्राप्त होगा?"

मुनि ने सीधे उसके प्रश्न का उत्तर नहीं दिया। इसकी बजाय उन्होंने दिलीप से कहा, “मैं तुम्हें अपनी बहुमूल्य गाय नंदिनी दे रहा हूँ। तुम्हें इसका खयाल रखना होगा। तुम्हें ईमानदारी से इसकी सुरक्षा करनी होगी। इसे आहार केवल तुम्हारे या तुम्हारी पत्नी के हाथों से मिलना चाहिए। तुम यह काम अपने सेवकों को नहीं सौंप सकते और इसलिए, तुम्हें कुछ समय के लिए अपने महल से दूर रहना होगा; क्योंकि वहाँ तुम्हारे राजकीय दायित्व तुम्हें इसका ध्यान रखने की अनुमति नहीं देंगे। यदि नंदिनी के प्रति तुम्हारा समर्पण शुद्ध व संपूर्ण होगा और तुम इसका अच्छी तरह से ध्यान रखने में सफल रहोगे तो तुम्हारी इच्छा पूरी हो सकती है।”

दिलीप ने मुनिवर का सुझाव स्वीकार कर लिया और अपनी पत्नी सुदक्षिणा के साथ वन में एक छोटी सी कुटिया में चला गए, जहाँ उन्होंने स्वयं को नंदिनी गाय के प्रति समर्पित कर दिया। वह उसे प्रतिदिन स्नान कराते थे और घास चराने ले जाते थे, जबकि उनकी पत्नी गाय के बाड़े को साफ करती थीं, उसका दूध निकालती थीं और उसकी अन्य आवश्यकताओं का ध्यान रखती थीं। समय बीतने के साथ दिलीप और नंदिनी के बीच का बंधन इतना मजबूत हो गया कि वे दोनों अविभाज्य हो गए।

एक दिन नंदिनी दिलीप के आगे निकलकर ऐसे मैदान में घास चरने चली गई, जहाँ वे पहले कभी नहीं गए थे। अचानक पता नहीं कहाँ से एक खूँखार शेर नंदिनी पर आक्रमण करने के लिए आ गया। दिलीप ने तुरंत अपना धनुष-बाण निकाला और नंदिनी की रक्षा करने के लिए उसके सामने खड़े हो गए।

लेकिन दिलीप को यह देखकर आश्चर्य हुआ कि शेर उससे मनुष्यों की भाषा में बोल रहा था, “ओ राजा दिलीप, मैं जीवित रहने के लिए गायों को खाता हूँ। यह प्रकृति के चक्र का हिस्सा है। एक पशु दूसरे के लिए भोजन होता है और इसी प्रकार यह सृष्टि काम करती है। कृपया आप सामने से हट जाइए और मुझे भोजन करने दीजिए।”

दिलीप ने हटने से इनकार कर दिया और बोले, “तुम सृष्टि के संतुलन के बारे में सही कह रहे हो। लेकिन मैंने अपने गुरु को वचन दिया है कि मैं नंदिनी की रक्षा करूँगा और मैं इस कर्तव्य का पालन हर स्थिति में करूँगा।”

दोनों के बीच बहुत देर तक बहस चलती रही, लेकिन वे किसी समझौते पर नहीं पहुँच पाए।

अंत में दिलीप ने कहा, "यदि तुम्हारी भूख अनियंत्रित हो गई है तो मुझे खा लो। मेरे मरने से कोई अंतर नहीं पड़ेगा; लेकिन तुम्हें नंदिनी को बिना नुकसान पहुँचाए छोड़ना होगा।"

शेर अधीरता से दहाड़ा और बोला, "मूर्ख मत बनिए राजन्! आप एक महान् योद्धा हैं और अपने राज्य के लिए बहुमूल्य हैं। आपकी प्रजा आपके ऊपर निर्भर है। अगर आपकी गाय मर जाती है तो आपको आसानी से दूसरी मिल जाएगी; लेकिन अगर आप बिना उत्तराधिकारी के मर जाएँगे तो आपके राज्य का बचना कठिन होगा।"

दिलीप शेर के शब्दों का अर्थ समझ रहा था, लेकिन उसने नंदिनी के प्रति समर्पित रहने का वचन दिया था। वह अपने निर्णय पर दृढ़ता से टिका रहा और सामने से नहीं हटा।

अचानक शेर गायब हो गया। आकाश में बिजली चमकी और एक आकाशवाणी हुई, "दिलीप, मैं नंदिनी के प्रति तुम्हारे प्रेम और तुम्हारे वचन की रक्षा से वास्तव में अभिभूत हूँ। मैं तुम्हें आशीर्वाद देता हूँ कि तुम्हें जीवन की सभी अच्छी वस्तुएँ प्राप्त हों।"

इस घटनाक्रम से स्तब्ध दिलीप नंदिनी के साथ अपनी कुटिया में लौट आए।

कुटिया में मुनि वसिष्ठ उनकी प्रतीक्षा कर रहे थे।

"तुम परीक्षा में उत्तीर्ण हो गए हो, प्रिय पुत्र।" उन्होंने मुसकराकर कहा, "अतीत में तुमने एक गाय की उपेक्षा करके उसका अपमान किया था और आज, तुम एक गाय के लिए अपना जीवन देने को तैयार थे। मेरा आशीर्वाद है कि तुम्हारे हृदय की हर एक इच्छा पूरी हो। अब तुम अपने राज्य में वापस लौट सकते हो।"

दिलीप ने उदासी और स्नेह के साथ नंदिनी को अलविदा कहा और सुदक्षिणा के साथ अपने राज्य वापस लौट गए।

अगले वर्ष राज दंपती को एक पुत्र की प्राप्ति हुई, जिसका नाम उन्होंने

'रघु' रखा।

'रघु' एक असाधारण बालक था, जिसके पास आकर्षक चेहरा, साहस और अच्छा स्वभाव था। जब वह बड़ा हुआ और अपने पिता की राजगद्दी पर बैठा तो उसने कई राज्यों पर विजय प्राप्त की और इतना प्रसिद्ध राजा बना कि सूर्यवंश को 'रघुवंश' भी कहा जाने लगा।

समय बीता और रघु को अज नाम का पुत्र हुआ, जो बड़ा होकर एक दयावान् पुरुष बना।

एक दिन एक पत्र आया, जिसमें राजकुमार को विदर्भ राज्य की राजकुमारी इंदुमती के स्वयंवर में आमंत्रित किया गया था। उन दिनों स्वयंवर की परंपरा प्रचलित थी—एक समारोह, जिसमें एक राजकुमारी अपने लिए सबसे उपयुक्त वर का चुनाव करती थी। युवा राजकुमार विवाह के लिए राजकुमारी का हाथ जीतने की उम्मीद में एकत्र होते थे। उनकी उपलब्धियों की घोषणा की जाती थी और फिर राजकुमारी अपना पति चुनती थी।

इंदुमती ने जैसे ही अज को देखा, उनके गले में वरमाला डाल दी और इस प्रकार अपनी पसंद की घोषणा कर दी।

दोनों का विवाह हो गया और जल्दी ही अज अपनी पत्नी के साथ अपने राज्य पर शासन करने लौट आए।

समय के साथ इंदुमती और अज का एक पुत्र हुआ, जिसका नाम 'दशरथ' रखा गया।

एक दिन इंदुमती और अज राजकीय उद्यान में चहलकदमी कर रहे थे, जब अचानक आकाश से एक फूल आया और इंदुमती के ऊपर जा गिरा। वह तत्काल भूमि पर गिर गईं और उनके प्राण निकल गए। अज का हृदय टूट गया—उनकी प्रिय पत्नी उनसे छीन ली गई थी। उनके दुःख की कोई सीमा नहीं थी और वह इंदुमती के ऊपर झुककर रोने लगे।

उसी समय घुमंतू ऋषि नारद प्रकट हुए। वे भगवान् विष्णु के परम भक्त थे और विभिन्न क्षेत्रों को पार कर सकते थे। उन्होंने महाराज अज को बताया कि फूल उनके तंबूरे से गिरा था।

"वह एक विशेष फूल था, अज और तुम्हारी पत्नी कोई साधारण स्त्री नहीं

थीं। वह एक अप्सरा थीं, जिसे मानव अवतार लेने का श्राप मिला था। वह अपने पिछले रूप में तभी आ सकती थीं, जब मेरे तंबूरे से गिरा फूल उनके सिर को स्पर्श करता। अब वह श्राप से मुक्त हो गई हैं और स्वर्ग में वापस लौट गई हैं।"

अज ऋषि के शब्दों का अर्थ समझ गए, लेकिन फिर भी उन्हें अपनी पत्नी की बहुत याद आती थी। दु:ख से ग्रस्त होकर उन्होंने अपने राज्य को त्याग दिया, अपने पुत्र दशरथ को सिंहासन सौंप दिया और महल छोड़कर अपना शेष जीवन वन में बिताने चले गए।

राजा दशरथ के तीन पत्नियाँ थीं—कोशल देश की राजकुमारी कौशल्या, मगध की राजकुमारी सुमित्रा और केकय देश की राजकुमारी कैकेयी। राजा दशरथ को अपनी तीनों रानियों से चार पुत्र हुए—कौशल्या से राम, सुमित्रा से लक्ष्मण व शत्रुघ्न और कैकेयी से भरत।

प्रस्तुत कहानियाँ दशरथ के ज्येष्ठ पुत्र राम को समर्पित हैं।

□

चींटी की बाँबी में आदमी

रत्नाकर एक डाकू था, जो मार्ग के किनारे छुप जाता था और घोड़े पर सवार या पैदल चलनेवाले सभी राहगीरों को लूट लेता था। अगर लोग उसके हमले का विरोध करते या भागने की कोशिश करते तो रत्नाकर डाकू उन्हें मार डालता था और उनकी चीजें ले लेता था। इस प्रकार प्राप्त धन को वह अपने विशाल परिवार के साथ साझा करता था।

एक दिन जब रत्नाकर एक झाड़ी के पीछे छुपकर अपने अगले शिकार का इंतजार कर रहा था, उसने एक ऋषि को वहाँ से जाते देखा। ऋषि ने भगवा वस्त्र पहना हुआ था और उनके एक हाथ में तंबूरा था। वे चलते-चलते अपने में मगन होकर गा रहे थे। रत्नाकर ने सोचा, 'यह आदमी अपने तंबूरे में कोई मूल्यवान् वस्तु ले जा रहा होगा और चोरों से बचने के लिए इसने ऋषि का वेश बना रखा है।'

सो वह झाड़ी के पीछे से निकला और ऋषि के रास्ते में जाकर खड़ा हो गया।

"तुम्हारे पास जो कुछ है, मुझे दे दो!" वह चिल्लाया।

ऋषि मुसकराए और बोले, "मैं अपने साथ केवल भगवान् का नाम लेकर चलता हूँ। इसलिए, यदि तुम चाहते हो तो मैं अपना सारा ज्ञान तुम्हारे साथ साझा कर सकता हूँ।"

"मेरे साथ होशियारी मत करो। बताओ, तुम कहाँ से आ रहे हो और तुम्हारे तंबूरे में वास्तव में क्या है?" रत्नाकर गुर्राया।

"मेरा नाम नारद है और मैं भगवान् विष्णु के धाम से आ रहा हूँ। मैं नहीं

जानता कि मैं कहाँ जा रहा हूँ। जो भी मुझे याद करेगा, मैं उसके घर चला जाऊँगा।" ऋषि ने प्रसन्नतापूर्वक कहा।

इस अजीब से उत्तर ने रत्नाकर के मन में कुतूहल उत्पन्न कर दिया। दूसरों के विपरीत यह आदमी उससे डर नहीं रहा था।

नारद ने स्नेहपूर्ण स्वर में दोबारा कहा, "ओ भोले मनुष्य! मैं जानता हूँ कि तुम्हें इस बात की समझ नहीं है कि तुम क्या कर रहे हो या तुम कितने पाप इकट्ठा कर रहे हो। मुझे बताओ, तुम यह जीवन क्यों बरबाद कर रहे हो? तुम्हें एक बेहतर व्यक्ति बनने के लिए इसका उपयोग करना चाहिए।"

रत्नाकर को एक भी शब्द समझ में नहीं आया।

"मैं कौन से पाप इकट्ठा कर रहा हूँ?" उसने पूछा। वह भौचक्का हो गया।

"जब तुम किसी को जानबूझकर चोट पहुँचाते हो, तब तुम पाप करते हो। अंतत: तुम्हें उसकी कीमत चुकानी पड़ेगी।" नारद ने समझाया।

"लेकिन मैं यह केवल अपने लिए नहीं कर रहा हूँ। मैं जो इकट्ठा करता हूँ, उसे अपने परिवार के साथ साझा करता हूँ।" रत्नाकर ने जवाब में कहा।

"क्या मैं तुमसे एक प्रश्न पूछ सकता हूँ?"

रत्नाकर ने जवाब नहीं दिया, लेकिन उन्हें एकटक देखता रहा।

"यदि तुम संपत्ति के साथ-साथ पाप भी इकट्ठा कर रहे हो तो क्या तुम्हारे परिवार के सदस्य उसे भी तुम्हारे साथ साझा करेंगे?"

"हाँ, अवश्य।" रत्नाकर ने आत्मविश्वास के साथ जवाब दिया।

"घर जाओ और अपने परिवार से पूछो कि क्या वे तुम्हारे पापों का दंड तुम्हारे साथ बाँटेंगे? तब तक मैं यहाँ प्रतीक्षा करूँगा।" नारद ने कहा।

"और जब तक मैं आऊँगा, आप यहाँ से भाग जाएँगे।" रत्नाकर बोला।

"मैं कहीं नहीं जाऊँगा; लेकिन यदि तुम्हें मुझ पर विश्वास नहीं है तो मुझे इस पेड़ से बाँध दो। तुम अपने परिवार की प्रतिक्रिया लेकर आओगे, तब तक मैं यहीं तुम्हारी प्रतीक्षा करूँगा।"

रत्नाकर ने इतना साहसी राहगीर पहले कभी नहीं देखा था। नारद ऋषि आत्मविश्वास से भरे और प्रसन्नचित्त थे और उसकी धमकियों से घबराए नहीं

लग रहे थे। ऋषि में कुछ ऐसा था, जो नारद को आकर्षित कर रहा था।

वह शीघ्रता से अपने घर पहुँचा। जब उसकी पत्नी, बच्चों और संबंधियों ने उसे जल्दी आया देखा तो वे खुश हो गए और सोचने लगे कि उसके हाथ कोई भारी लूट लगी होगी; लेकिन जब उन्होंने उसे खाली हाथ देखा तो उनके चेहरे पर निराशा स्पष्ट रूप से दिखने लगी।

रत्नाकर अपने परिवार के सामने खड़ा हो गया और वहाँ उपस्थित सभी लोगों को संबोधित करके बोला, "मैंने अभी-अभी 'नारद' नाम के एक यात्री से जाना कि लोगों को चोट पहुँचाना और उन्हें लूटना पाप होता है। मैंने अब तक बहुत सारे पाप इकट्ठा कर लिये होंगे और एक दिन मुझे सजा भी भुगतनी होगी। मैंने जो किया, वह केवल अपने लिए नहीं, बल्कि आप सब के लिए भी किया। इसलिए मेरे अपराध में आप लोग भी भागीदार हैं और आपको मेरे पाप साझा करने चाहिए। क्या आप लोग मेरी बात से सहमत हैं?"

पहले तो सब लोग चुप रहे, फिर किसी ने कहा, "रत्नाकर, तुम हमारे लिए लोगों को लूटते हो और हम तुम्हारे साथ चुराया हुआ धन साझा करते हैं। लेकिन हमने तुम्हें कभी नहीं कहा कि इस प्रक्रिया में तुम किसी को चोट पहुँचाओ। तुमने वह धन किस प्रकार प्राप्त किया, वह तुम्हारा निर्णय था, इसलिए हम तुम्हारे पाप तुम्हारे साथ नहीं बाँटेंगे।"

रत्नाकर स्तब्ध रह गया। अवाक् होकर वह अपने बच्चों की ओर मुड़ा। बड़ों से संकेत लेते हुए उन्होंने भी अपने पिता के पापों में हिस्सा बँटाने से मना कर दिया।

अंत में दुःखी रत्नाकर ने अपनी पत्नी की ओर देखा। उसे विश्वास था कि उसकी जीवनसंगिनी उसके लाभों की तरह उसके पापों को भी साझा करेगी और उसकी आत्मा पर से पापों का बोझ कम कर देगी; लेकिन उसने भी इनकार में सिर हिला दिया।

रत्नाकर को मुनि की बातों की सच्चाई समझ में आ गई और वह दौड़कर उनके पास वापस गया। उसे नारद मुनि एक पेड़ के नीचे बैठकर 'नारायण, नारायण!' का जाप करते हुए मिले।

रत्नाकर उनके पैरों पर गिरकर रोने लगा। "हे मुनिवर! आपने मेरी आँखें

खोल दी हैं। मेरे परिवार का एक भी व्यक्ति मेरे पापों के भार को साझा नहीं करना चाहता। मैं इस मिथ्या जीवन से दूर चले जाना चाहता हूँ। मुझे बताइए कि मैं अपने बुरे कर्मों का प्रायश्चित्त कैसे कर सकता हूँ? कृपया मेरा मार्गदर्शन करिए।"

नारद ने उसे कंधों से पकड़कर उठाया, "वत्स, उचित मार्गदर्शन न मिलने पर गलतियाँ होना निश्चित है।" उन्होंने कोमलता से कहा, "अब ईश्वर में मन लगाओ और ध्यान करो। अंततः, तुम जीवन का अर्थ समझ जाओगे। बस, 'बार-बार' राम शब्द का जाप करो। आखिर, यह ईश्वर का नाम है।"

रत्नाकर ने 'राम' कहने की पूरी कोशिश की; लेकिन भरपूर प्रयास के बावजूद वह ईश्वर के नाम का शुद्ध उच्चारण नहीं कर पाया।

कुछ देर बाद नारद ने सुझाव दिया, "चलो, हम एक और प्रयास करते हैं। क्या तुम 'मरा' नाम के किसी व्यक्ति को जानते हो?"

"हाँ, 'मरा' नाम का मेरा एक मित्र था।" रत्नाकर ने उत्तर दिया।

"बहुत अच्छा! तब लगातार उसका नाम लो।" नारद ने मुसकराकर कहा। फिर वे खड़े हो गए, रत्नाकर से विदा ली और चले गए।

रत्नाकर ने बैठने के लिए एक आरामदेह स्थान ढूँढ़ा और 'मरा, मरा, मरा, मरा' जपने लगा। कुछ ही देर में ऐसा प्रतीत होने लगा जैसे वह 'राम, राम, राम, राम' जप रहा हो।

कई वर्ष बीत गए। रत्नाकर के आसपास चींटियों की एक बाँबी बनने लगी, लेकिन उसने जाप करना बंद नहीं किया और ध्यान में खोया रहा। यह देखकर लोग रत्नाकर को वाल्मीकि—वाल्मीक या बाँबी के अंदर का आदमी—के नाम से संदर्भित करने लगे। कुछ और वर्ष बीतने पर लोग रत्नाकर का असली नाम भूल गए और उसे केवल 'वाल्मीकि' के नाम से जानने लगे।

अंततः, नारद मुनि उसे देखने आए और उन्होंने बाँबी हटा दी। वाल्मीकि ने अपनी आँखें खोल दीं। नारद ने उसे आशीर्वाद दिया और एक आश्रम खोलने के लिए प्रोत्साहित किया। शीघ्र ही एक प्रबुद्ध ऋषि के रूप में वाल्मीकि की ख्याति दूर-दूर तक फैल गई।

एक दिन ऋषि वाल्मीकि स्नान करने के लिए गंगा नदी की ओर जा रहे थे

कि उन्हें रास्ते में तमसा नाम की एक चौंका देनेवाली धारा मिली। वाल्मीकि ने सोचा, 'इसका पानी कितना स्वच्छ है! अवश्य एक पवित्र मन की तरह। आज मैं यहीं स्नान करूँगा।'

उन्होंने नदी किनारे एक विशाल पेड़ के नीचे अपना सामान रख दिया और उनकी दृष्टि खूबसूरत सफेद सारसों के एक जोड़े पर पड़ी। उस शांत दृश्य को देखकर उनके चेहरे पर मुसकराहट आ गई।

अचानक नर सारस को एक तीर आकर लगा और उसने वहीं अपने प्राण त्याग दिए। मादा सारस पीड़ा से भरकर तब तक चीखती रही, जब तक वह भी दुःख और कष्ट से मर नहीं गई। वाल्मीकि का हृदय पीड़ा से भर गया और उनके संपूर्ण शरीर में क्रोध भर उठा। उन्होंने पक्षी को मारनेवाले को देखने के लिए चारों ओर दृष्टि घुमाई तो उन्हें कुछ दूरी पर धनुष-बाण के साथ एक शिकारी दिखाई दिया। क्रोध में उनके मुख से निकला—

मा निषाद प्रतिष्ठां त्वमगमः शाश्वती समाः।
यत् क्रौञ्चमिथुनादेकं अवधीः काममोहितम्॥

ओ शिकारी! तुम्हें हमेशा कष्ट मिले और कभी आराम न मिले, क्योंकि तुमने पक्षियों के सबसे समर्पित और प्रेमी जोड़े को मार दिया है।

बाद में जब वाल्मीकि ने भगवान् ब्रह्मा के आशीर्वाद से 'रामायण' की रचना की तो ये शब्द महाकाव्य का पहला श्लोक बने।

आज, महर्षि वाल्मीकि को आदिकवि के रूप में सम्मान प्राप्त है और रामायण को प्रथम काव्य या रचना (आदिकाव्य) के रूप में जाना जाता है। □

समय की माप

एक समय निमि नाम के एक उदार राजा थे, जो विदेह नाम के राज्य पर शासन करते थे। विदेह की राजधानी मिथिला थी।

एक दिन निमि ने एक यज्ञ करने का फैसला किया और ऋषि वसिष्ठ से मुख्य पुजारी बनने का अनुरोध किया। हालाँकि ऋषि ने उनके अनुरोध को अस्वीकार कर दिया, "मैं क्षमा चाहता हूँ, लेकिन उसी दिन मेरी देवराज इंद्र के साथ पूर्व प्रतिबद्धता है। आप कृपया तैयारियों के साथ आगे बढ़ें। मैं कुछ देर बाद यज्ञ में शामिल हो जाऊँगा।"

निमि ने ऋषि गौतम से यज्ञ प्रारंभ करने का अनुरोध किया, ताकि जब ऋषि वसिष्ठ पहुँचें तो उनका स्थान ले सकें।

भाग्यवश, निमि ऋषि वसिष्ठ को यज्ञ के समय के बारे में सूचित करना भूल गए। जब तक वसिष्ठ पहुँचे, तैयारियाँ समाप्ति की ओर थीं—बिना ऋषि वसिष्ठ के योगदान के। ऋषि वसिष्ठ बहुत दुःखी हुए और उन्होंने निमि को धिक्कारते हुए कहा, "आप एक लापरवाह राजा हैं। विधिपूर्वक यज्ञ करने के लिए उचित तैयारी होनी चाहिए और यज्ञ करनेवाले व्यक्ति को तैयार रहना चाहिए। इसमें समय लगता है। आप मुझे समय के बारे में सूचित करना कैसे भूल सकते हैं?"

निमि ने अपनी भूल स्वीकार कर ली और कहा, "हे ऋषि! आपका क्रोध उचित है। आपके वंशज पीढ़ियों से मेरे वंश के गुरु रहे हैं। यह मेरी वंशावली के लिए सबसे पवित्र स्थिति है। अपनी शीघ्रता में मैंने एक गंभीर अपराध किया है। मैंने आपको अपमानित किया है और अपने पूर्वजों के लिए एक बड़ी निराशा

सिद्ध हुआ हूँ। यह अपराध इतना बड़ा है कि मैं अब और जीना नहीं चाहता।"

ऋषि वसिष्ठ विचारमग्न हो गए। राजा ने एक गंभीर भूल की थी और ऋषिवर उनकी दुर्दशा को समझ रहे थे।

राजा ने आगे कहा, "हे ऋषिवर! मेरा केवल एक अनुरोध है—आप मेरी सहायता करें, ताकि मैं अपनी प्रजा की आँखों के माध्यम से संसार को देख सकूँ और इस नश्वर शरीर को छोड़ने के बाद भी प्रतिदिन उनके साथ रह सकूँ।"

वसिष्ठ ने सहमति में सिर हिलाया और राजा को आँख की पलकों में बदल दिया। पलकों को संस्कृत में 'निमि' कहा जाता है और चूँकि इन्हें झपकाने में केवल एक पल लगता है, इसलिए समय की इस इकाई को निमिष (एक पल) के रूप में जाना जाने लगा।

□

स्वर्ग से पृथ्वी तक

इक्ष्वाकु राजवंश के राजा बाहु को अपनी प्रजा के कल्याण या अपने राज्य की सुरक्षा की कोई चिंता नहीं थी। वे अकसर नशे में या जुआ खेलते हुए अथवा दोनों काम करते हुए पाए जाते थे और राजकाज सँभालने की स्थिति में नहीं होते थे।

यह जानकर कि राज-व्यवस्था निर्बल थी, एक अन्य राजा ने बाहु के खिलाफ युद्ध छेड़ दिया। राजा बाहु अपनी दो पत्नियों के साथ भागकर जंगल में चले गए और ऋषि भार्गव के आश्रम में शरण लेकर रहने लगे। स्थिति और भी बिगड़ गई, क्योंकि उनकी पत्नियों में से एक गर्भवती थी और इस संकटपूर्ण समय में दूसरी पत्नी ने ईर्ष्यालु होकर उसे विष दे दिया, यह जानते हुए कि वह गर्भ से थी। हालाँकि ऋषि भार्गव को इस बात का पता चल गया और वे उस रानी के बचाव के लिए पहुँच गए। उन्होंने उसके शरीर से विष बाहर निकालने का पूरा प्रयास किया, लेकिन वह पूरी तरह नहीं निकाला जा सका और शिशु का जन्म रक्त में विष के अंश के साथ हुआ। इसलिए बालक का नाम 'सगर' रखा गया, जिसका अर्थ 'विष के साथ' भी होता है। सगर ऋषि के आश्रम में बड़ा हुआ और उसने युद्ध-कौशल सीखने के साथ-साथ उत्कृष्ट शिक्षा प्राप्त की।

समय के साथ उसने अपने पिता का खोया राज्य पुनः प्राप्त कर लिया और एक श्रेष्ठ राजा बना। उसकी दो पत्नियाँ थीं। पहली पत्नी ने एक बालक को जन्म दिया, जिसका नाम 'असमंजस' रखा गया, जबकि दूसरी पत्नी ने एक समर्पित तपस्या की और उसके 60,000 पुत्र हुए। उन पुत्रों ने साथ मिलकर एक तालाब खोदा, जो समय के साथ एक समुद्र में बदल गया। इसीलिए समुद्र को

'सागर' भी कहा जाता है—सगर के पुत्रों के लिए।

असमंजस अपने दादा की तरह निकला और वैसे ही उसके 60,000 सौतेले भाई भी निकले। सगर अपने पुत्रों को भविष्य के योग्य राजाओं के रूप में ढालने के लिए संघर्ष करता रहा।

इस बीच अपनी सर्वोच्चता स्थापित करने के प्रयास में राजा सगर ने अश्वमेध यज्ञ करने का निर्णय लिया। इस प्रक्रिया के दौरान एक राजा के घोड़े को एक वर्ष तक खुला घूमने दिया जाता है। जहाँ भी घोड़ा जाता है, उस देश का राजा या तो घोड़े के स्वामी की संप्रभुता स्वीकार कर लेता है या उसे चुनौती देता है। जब घोड़ा अपने स्वामी के राज्य में लौट आता है, तब राजा की स्थिति ऊपर उठकर एक निर्विवाद संप्रभु की हो जाती है।

देवराज इंद्र को सगर की योजनाओं के बारे में पता चल गया और परिणाम से डरते हुए उन्होंने घोड़े का अपहरण कर लिया। सगर के 60,000 पुत्रों ने दूर-दूर तक घोड़े को खोजा, लेकिन उन्हें घोड़ा नहीं मिला। कुछ समय बाद उन्हें एक ध्यानमग्न ऋषि कपिल मिले। वे वहाँ रुक गए और उनमें से एक ने ऋषि से पूछा कि क्या उन्होंने घोड़ा देखा था? ऋषि ने उत्तर नहीं दिया, क्योंकि वे गहरे ध्यान में थे। लेकिन सगर-पुत्रों ने प्रतिक्रिया न मिलने को अपने अपमान के रूप में लिया और ऋषि को मारना शुरू कर दिया। अंतत: कपिल ऋषि ने अपना ध्यान तोड़ा और आँखें खोल दीं। वे क्रोध से लाल थीं। उनकी एक दृष्टि से सबके सब भस्म होकर राख में बदल गए।

जब सगर को अपने पुत्रों की मृत्यु के बारे में पता चला तो वे भागे-भागे ऋषि कपिल के पास आए। उन्होंने हाथ जोड़कर ऋषि से विनती की, "सम्मानित ऋषिवर, मैं जानता हूँ कि मेरे बच्चों ने बहुत गंभीर अपराध किया है, लेकिन उन्होंने अपने जीवन में कुछ अच्छे कार्य भी किए हैं, जिसमें एक समुद्र का निर्माण शामिल है, जो जीवन को बनाए रखता है। मैं आपसे विनती करता हूँ कि उन्हें मोक्ष प्राप्त करने से वंचित न करें।"

कपिल एक दयालु ऋषि थे। उन्होंने उत्तर दिया, "आपके पुत्रों को मोक्ष प्राप्त हो, उसके लिए गंगा नदी को उनकी राख पर बहना होगा। केवल तभी वे स्वर्ग में जा सकते हैं।"

तब राजा ने देवताओं की तपस्या करनी आरंभ कर दी, इस आशा में कि वे गंगा नदी को पृथ्वी पर आने की अनुमति दे देंगे और उनके पुत्रों की राख पर बहने देंगे। किंतु तपस्या पूरी होने से पहले राजा सगर की मृत्यु हो गई और वह कार्य लंबे समय तक अधूरा रह गया।

कई वर्षों के बाद इसी वंश में भगीरथ का जन्म हुआ और वे सिंहासन पर बैठे। उन्होंने ऋषि कपिल और अपने पूर्वजों की कहानी सुनी और ईश्वर से उनके उद्धार के लिए प्रार्थना करने का निर्णय लिया। तभी भगवान् विष्णु प्रकट हुए और बोले, "भगीरथ, मार्ग तय हो चुका है। आपको गंगा को उनकी राख पर प्रवाहित होने के लिए आपको उनसे प्रार्थना करनी चाहिए।"

प्रेरित होकर भगीरथ ने गंगा से प्रार्थना करना शुरू किया, जिनकी उत्पत्ति भगवान् विष्णु के चरणों से हुई थी। उन्हें पता था कि गंगा को आकाश से पृथ्वी पर उतरने के लिए मनाना एक कठिन कार्य था और उन्होंने अपने हृदय व आत्मा को अपनी तपस्या में समर्पित कर दिया।

अंतत: एक दिन गंगा प्रकट हो गईं। भगीरथ के अनुरोध को सुनकर उन्होंने कहा, "मेरे जल का प्रवाह इतना शक्तिशाली है कि पृथ्वी का क्षेत्र उसे सँभाल नहीं सकता। आप भगवान् शिव से प्रार्थना करें और उनसे मेरे प्रवाह के आवेग को कम करने के लिए कहें, ताकि पृथ्वी मेरे प्रवाह में बह न जाए।"

इस प्रकार, भागीरथ ने एक और तपस्या शुरू कर दी और तब तक करते रहे, जब तक कि शिवजी प्रकट नहीं हो गए। शिवजी ने प्रस्ताव रखा कि गंगा उनके केशों के माध्यम से बहकर पृथ्वी पर उतरें। जैसे ही गंगा नीचे उतरने लगीं, शिवजी ने अपने केशों को बाँध लिया और केवल एक धारा को बचकर पृथ्वी पर जाने दिया। उस दिन से शिवजी को 'गंगाधर' के नाम से जाना जाने लगा और भगीरथ की भगवान् शिव और भगवान् विष्णु दोनों की महान् तपस्या के कारण गंगा को 'भागीरथी' कहा जाने लगा।

शिवजी के द्वारा गंगा के प्रवाह को अपनी जटाओं में बाँध लेने के उपरांत भी उसका वेग इतना था कि जब गंगाजी धरती पर पहुँचीं तो पानी के सैलाब से ऋषि जह्नु के आश्रम में बाढ़ आ गई। जाह्नु इस विनाश से इतने क्रोधित हो गए कि उन्होंने नदी को पी लिया और गंगा आगे नहीं बढ़ सकीं। जब भगीरथ को इस

बात का पता चला तो वे निराश हो गए और ऋषि के साथ-साथ भगवान् विष्णु एवं शिवजी से प्रार्थना करने लगे।

अंत में ऋषि मान गए और गंगा को अपनी जंघा के माध्यम से छोड़ दिया। यही कारण है कि गंगा को 'जाह्नवी' के नाम से भी जाना जाता है। अंततः गंगा नदी सगर के पुत्रों की राख पर से बही और उन्होंने मोक्ष प्राप्त किया।

भारत में लोग अब भी मानते हैं कि यदि मृतक व्यक्ति की राख को गंगा में प्रवाहित कर दिया जाए या अंतिम साँसें ले रहे व्यक्ति को प्राण निकलने से पहले पवित्र गंगाजल मिल जाए तो वह मोक्ष प्राप्त कर लेगा। इतिहास में जिसे आज 'बंगाल की खाड़ी' कहा जाता है, उसे गंगा सागर (या पूर्व समुद्र) के रूप में जाना जाता था और अरब सागर को सिंधु सागर (या पश्चिम समुद्र) के रूप में संदर्भित किया जाता था।

गंगा हिमालय में गोमुख (गाय का मुँह) नाम के एक ग्लेशियर से निकलती हैं, जो गंगोत्ररी शहर से थोड़ा आगे है और बंगाल की खाड़ी में समुद्र के साथ मिल जाती हैं। अलकनंदा, यमुना, सरस्वती, सरयू, गंडक और अन्य कई नदियाँ गंगा के साथ उसकी यात्रा में शामिल होती हैं। गंगोत्री में उस स्थान को चिह्नित करती एक चट्टान है, जहाँ भगीरथ ने तपस्या की थी और वहीं पर भगीरथ एवं गंगा की मूर्तियाँ भी हैं। पश्चिम बंगाल स्थित कपिल मुनि के आश्रम में भी इसी तरह की मूर्तियाँ देखी जा सकती हैं।

उल्लेखनीय है कि भगीरथ की निरंतर तपस्या ने वाक्यांश 'भागीरथ प्रार्थना' के निर्माण को प्रेरित किया, जिसका उपयोग किसी कठिन कार्य में किए जानेवाले प्रयासों को दरशाने के लिए किया जाता है।

□

उलटा लटका राजा

सत्यव्रत अयोध्या के एक सुप्रसिद्ध सूर्यवंशी राजा थे। वे न्यायोचित तरीके से अपने राज्य पर शासन करते थे। जब वे वृद्ध हो गए तो उन्होंने अपने पुत्र हरिश्चंद्र को अगले शासक के रूप में सिंहासन पर बैठा दिया।

सत्यव्रत की अगली इच्छा थी—अपने नश्वर शरीर सहित स्वर्ग में जाना। इसलिए उन्होंने अपने गुरु ऋषि वसिष्ठ से सहायता करने का अनुरोध किया। वसिष्ठ ने उन्हें समझाने की कोशिश की कि उनकी इच्छा न तो प्राकृतिक थी और न ही ऐसी थी, जो देवताओं को स्वीकार्य होगी; किंतु सत्यव्रत अपनी बात पर अड़े रहे।

वसिष्ठ ने उन्हें सलाह दी, "हे राजन्! इस जीवन में किए गए सभी अच्छे कर्मों के कारण आपका स्वर्ग में जाना निश्चित है; किंतु उससे पहले आपको अपने नश्वर शरीर को त्यागना होगा। यह प्रकृति का नियम है।"

अपनी बात पर अडिग सत्यव्रत ने महर्षि वसिष्ठ के सबसे बड़े पुत्र शक्ति पर सहायता के लिए दबाव डाला, यहाँ तक कि उन्हें बदले में धन का प्रलोभन भी दिया। शक्ति प्रलोभन के अशिष्ट संकेत से क्षुब्ध हो गए।

जब महर्षि वसिष्ठ को सत्यव्रत के प्रलोभन के बारे में पता चला तो उन्होंने उसे श्राप दे दिया, "आपने तीन गंभीर पाप किए हैं—आपने अपने गुरु की बात नहीं सुनी है। आप जो चाहते हैं, उसे प्राप्त करने के लिए आपने छलपूर्ण साधनों का उपयोग करने का प्रयास किया है और आपने सशरीर स्वर्ग में जाने की अप्राकृतिक इच्छा को मन में रखा है। इस दिन से आपको 'त्रिशंकु'

के नाम से जाना जाएगा और आप इस संसार में बिना मन की शांति और किसी उद्‌देश्य के भटकते रहेंगे।"

वनों और विभिन्न साम्राज्यों में घूमते हुए त्रिशंकु को प्रसिद्ध ऋषि विश्वामित्र मिले, जो स्वयं एक सूर्यवंशी थे। एक समय में विश्वामित्र राजा थे, किंतु उन्होंने सांसारिक मामलों के साथ सभी संबंधों को छोड़ दिया था और एक ऋषि का जीवन अपना लिया था। किंतु चूँकि उन्होंने अभी तक ईर्ष्या और क्रोध जैसे पापों पर विजय प्राप्त नहीं की थी, इसलिए उन्हें ज्ञान प्राप्त नहीं हुआ था। विश्वामित्र को वसिष्ठ पसंद नहीं थे, इसलिए जब उन्होंने त्रिशंकु के इस प्रकार निरुद्‌देश्य भटकने का कारण जाना तो उन्हें इसमें वसिष्ठ को नीचा दिखाने का अवसर नजर आया। वे सशरीर स्वर्ग में जाने की राजा की पुरानी इच्छा को पूरा करने के लिए सहमत हो गए।

"चिंता मत करो, त्रिशंकु!" उन्होंने कहा, "मैं यह सुनिश्चित करने का दायित्व स्वयं पर लेता हूँ कि तुम्हारी इच्छा पूरी हो जाए।"

कई ऋषियों ने विश्वामित्र से बात करके उन्हें समझाने की कोशिश की, किंतु ऋषि अडिग थे। उन्होंने संस्कार शुरू करने के लिए प्रार्थनाओं से प्राप्त अपनी शक्तियों का उपयोग किया। त्रिशंकु ने अनुभव किया कि उसका शरीर ऊपर उठ रहा है और आकाश की ओर बढ़ रहा है। वह उत्साहित हो गया।

जब स्वर्ग के देवताओं ने इस असामान्य घटना को जाना तो वे यह देखने के लिए एकत्र हो गए कि क्या हो रहा था।

एक देवता ने कहा, "यदि हर ऋषि ऐसी इच्छा के लिए अपनी शक्ति का उपयोग करना शुरू कर देता है तो स्वर्ग मनुष्यों से भरा होगा और तब यह स्वर्ग नहीं रह जाएगा।"

देवताओं ने एकमत होकर निर्णय लिया कि कुछ किया जाना चाहिए।

इंद्र आगे बढ़े और त्रिशंकु को धरती की ओर धकेलना शुरू कर दिया।

विश्वामित्र ने त्रिशंकु के शरीर को सिर नीचे की ओर किए धरती पर उतरते हुए देखा और वे इंद्र के इस कृत्य पर क्रोधित हो गए। अब वे अपनी पूरी शक्ति का उपयोग करके शरीर को फिर से ऊपर धक्का देने लगे। इस निरंतर खींचातानी से त्रिशंकु दो क्षेत्रों के बीच में अटक गया और उसका सिर नीचे और पैर ऊपर

की ओर हो गए, जिसके कारण वह कहीं भी जाने में असमर्थ हो गया।

कोई मार्ग नजर न आने पर घटनाओं के इस मोड़ से चिंतित देवराज इंद्र ऋषि के पास गए और उन्हें समझाने का प्रयास करते हुए तर्क दिया, "प्रिय ऋषिवर, आप जो कर रहे हैं, वह सभी नश्वरों के लिए एक उदाहरण स्थापित कर देगा, जिसके परिणामस्वरूप आकाश और पृथ्वी के नियमों के बीच संघर्ष उत्पन्न हो जाएगा। हम भविष्य में शांति चाहते हैं, युद्ध नहीं। हम प्राणियों को स्वर्ग में आने की अनुमति तब तक नहीं दे सकते, जब तक उनका भौतिक रूप बना रहता है।"

बहुत कठिनाई से इंद्र विश्वामित्र को शांत करने में सफल हुए, जो अब तक दुविधा में थे। वे देवताओं की इच्छा को समझ गए, लेकिन वे त्रिशंकु को दिए वचन को नहीं तोड़ सकते थे। इसलिए विश्वामित्र ने त्रिशंकु के लिए एक नया स्वर्ग बनाया, जो स्वर्ग और पृथ्वी के दो क्षेत्रों के बीच खड़ा था।

इस प्रकार, 'त्रिशंकु स्वर्ग' शब्द का निर्माण हुआ था, जो एक ऐसी स्थिति को दरशाता है, जिसमें एक व्यक्ति अपनी इच्छाओं और संपत्तियों के बीच जकड़ जाता है और न तो यहाँ का रह जाता है, न ही वहाँ का।

□

एक वचन का वचन

अयोध्या के राजा हरिश्चंद्र एक प्रसिद्ध और न्यायप्रिय राजा थे। उनकी पत्नी तारामती एक धर्मनिष्ठ स्त्री थीं और उन दोनों का एक पुत्र था—रोहिताश्व। राजा हरिश्चंद्र बहुत धार्मिक स्वभाव के थे और माना जाता था कि कोई भी चीज उन्हें धर्म की राह से डिगा नहीं सकती थी।

एक दिन देवताओं और ऋषियों के बीच बहस छिड़ गई कि कौन सा राजा अपने धर्म के प्रति सबसे अधिक ईमानदार और सत्य-निष्ठ है। वसिष्ठ ने, जो सूर्यवंशियों के गुरु थे, कहा, "इस संबंध में हरिश्चंद्र को कोई नहीं हरा सकता।"

इस टिप्पणी ने देवताओं के साथ-साथ मुनि विश्वामित्र को भी क्रोधित कर दिया, जिन्होंने प्रश्न किया कि एक नश्वर मनुष्य देवताओं से श्रेष्ठ कैसे हो सकता था। उसी समय वहाँ नारद मुनि आ गए। वे भी विश्वामित्र से सहमत थे। प्रोत्साहित होकर विश्वामित्र ने आत्मविश्वास के साथ कहा, "मैं आपकी इस बात को असत्य सिद्ध कर दूँगा, ऋषि वसिष्ठ।"

"अवश्य, आप प्रयास कर सकते हैं।" वसिष्ठ ने उत्तर दिया, "आप जब तक चाहें, महाराज हरिश्चंद्र की परीक्षा ले सकते हैं। मैं जानता हूँ, वे आपकी सभी परीक्षाएँ अच्छे अंकों से उत्तीर्ण कर लेंगे। किंतु मान लीजिए, वे ऐसा न कर पाए तो मैं वचन देता हूँ कि मैं एक गुरु के रूप में अपना पद त्याग दूँगा और अपना शेष जीवन एक साधारण मनुष्य की तरह व्यतीत करूँगा।"

नारद विश्वामित्र की ओर मुड़कर बोले, "किंतु यदि महाराज हरिश्चंद्र ने यह सिद्ध कर दिया कि वे सर्वश्रेष्ठ हैं, तब क्या होगा? आपके लिए भी कोई परिणाम होना चाहिए।"

"तब मैं राजा हरिश्चंद्र को अपनी आधी यौगिक शक्ति और दिव्य सद्भावना दे दूँगा, जो मैंने अर्जित की है। मैं सुनिश्चित करूँगा कि वे प्रसिद्ध हो जाएँ और लंबे समय तक इस संसार में और भावी पीढ़ियों के मन में बने रहें।" क्रोधित विश्वामित्र ने कहा।

देवर्षि नारद ने सिर हिलाया और दोनों ऋषि इस बात पर सहमत हो गए कि राजा हरिश्चंद्र की परीक्षा ली जाए। विश्वामित्र अपनी रणनीति तैयार करने में लग गए।

शीघ्र ही कुछ ग्रामीण हरिश्चंद्र से सहायता माँगने आए।

"हमारे गाँव में एक जंगली सूअर है, जो हमारी फसलों को नष्ट कर रहा है और हमारे परिवारों के लिए समस्या बन रहा है। कृपया हमारी सहायता करें।"

यह सुनकर राजा ने अपने कुछ सैनिकों को अपने साथ लिया और सूअर का शिकार करने निकल पड़े, जो विश्वामित्र द्वारा निर्मित था। हरिश्चंद्र, जो इस परीक्षा से अनजान थे, सूअर के पैरों के चिह्नों का पीछा करते हुए जंगल में काफी गहराई तक चले गए—अपने सैनिकों से बहुत आगे; और शीघ्र ही उनकी दृष्टि से ओझल हो गए।

वे बहुत देर तक जंगल में भटकते रहे, लेकिन सूअर जैसे हवा में गायब हो गया था। सूअर का पीछा करके थक चुके हरिश्चंद्र जंगल में घूम रहे थे कि उनकी दृष्टि एक सुंदर-से आश्रम पर पड़ी। यह आश्रम भी विश्वामित्र का ही बनाया हुआ था। दो सुंदर कन्याओं ने बाहर निकलकर स्वागत-पुष्पों एवं मदिरा से राजा का स्वागत किया और उनका मनोरंजन भी किया। प्रसन्न होकर राजा हरिश्चंद्र ने थोड़ी देर विश्राम किया और जो ध्यान उन्हें मिल रहा था, उसका आनंद लेते रहे। फिर वे प्रस्थान करने के लिए उठ गए और अपनी सुंदर आतिथेयों को धन्यवाद दिया तथा उनके लिए राजकोष से अपने दूतों के हाथ उपहार भेजने का वचन दिया।

लेकिन कन्याओं ने उनसे उपहार लेने से मना कर दिया, "राजन्, हमें आपसे कोई उपहार नहीं चाहिए। हम केवल आपसे विवाह करना चाहती हैं।" उन्होंने कहा।

राजा हरिश्चंद्र इसके लिए तैयार नहीं थे—"मैं आपसे विवाह नहीं कर

सकता, कन्याओ! मेरी पहले से एक पत्नी है और एक पुत्र भी। ऐसा करना अधर्म होगा।" उन्होंने कहा।

उसी समय वहाँ विश्वामित्र आ गए।

"राजन्!" वे गरजे, "यह मेरा आश्रम है और आप यहाँ मेरी अनुमति के बिना आए हैं; और अब आप मेरी पुत्रियों की इच्छा को अस्वीकार करके उनका अपमान कर रहे हैं। अपने गलत को सही करने का एकमात्र उपाय है—इनकी इच्छा को स्वीकार करके इनसे विवाह करना।"

राजा ने विनम्रता से दोबारा मना कर दिया।

विश्वामित्र के हठ करने पर अंततः हरिश्चंद्र बोले, "मुनिवर, आपकी पुत्रियों से विवाह करने के बजाय मैं अपना राज्य छोड़ना ठीक समझूँगा। मैं धर्म के विरुद्ध नहीं जा सकता।"

विश्वामित्र राजा के शब्दों पर झपट पड़े और बोले, "उस स्थिति में अपना राज्य मुझे दे दीजिए। आप जल लेकर आइए, हम आपके सिंहासन त्यागने का समारोह करते हैं।"

एक पल भी हिचकिचाए बिना महाराज हरिश्चंद्र ने अपना राज्य मुनि को दे दिया।

राजा के सिंहासन त्याग देने के बाद विश्वामित्र ने कहा, "दक्षिणा के बिना दान अपूर्ण होता है।"

"मुझे बताइए मुनिवर, आप दक्षिणा में क्या चाहते हैं?" हरिश्चंद्र ने पूछा।

"मैं चाहता हूँ कि एक लंबा व्यक्ति एक हाथी पर खड़े होकर भूमि पर सिक्का फेंके। मैं भूमि से लेकर हाथी पर खड़े व्यक्ति तक ऊँचा स्वर्ण का ढेर चाहता हूँ।"

"अवश्य, मैं महल में पहुँचते ही आपको स्वर्ण दे दूँगा।" हरिश्चंद्र ने कहा।

"लेकिन आपका राज्य तो पहले ही मेरा हो चुका है। इसलिए आपका राजकोष भी अब आपका नहीं है। आप उसमें से कुछ नहीं ले सकते।" मुनि ने कहा।

"मैं आपको देने के लिए अपनी व्यक्तिगत संपत्ति में से धन ले लूँगा।" हरिश्चंद्र ने कहा।

"जब एक राज्य दान में दिया जाता है तो व्यक्तिगत संपत्ति भी उसमें शामिल होती है।" मुनि ने कहा।

"मुझे इस बारे में सोचने दीजिए, मुनिवर। मैं आपको धन दे दूँगा, किंतु कृपया अभी मुझे राज्य में जाकर अपने परिवार को सूचित करने दीजिए।"

"मैं आपके साथ चलूँगा हरिश्चंद्र, ताकि आप औपचारिक रूप से अपना राज्य मुझे सौंप सकें।"

हरिश्चंद्र ने सहमति में सिर हिला दिया।

जब राजा हरिश्चंद्र अयोध्या पहुँचे तो उन्होंने अपनी पत्नी एवं पुत्र को बुलाया और उन्हें नवीनतम घटनाओं के बारे में जानकारी दी। वे अब रानी व राजकुमार नहीं थे और महल में नहीं रह सकते थे।

मुनि विश्वामित्र अपेक्षा कर रहे थे कि तारामती अपने पति के इस कार्य से क्रोधित होंगी और राजा पर दबाव डालेंगी कि वे किसी भी तरह अपना राज्य वापस पाने का प्रयास करें। हालाँकि ऐसा कुछ भी नहीं हुआ।

तारामती ने अपने पति से कोई प्रश्न नहीं किया। इसकी बजाय उन्होंने अपने और अपने पुत्र के राजकीय आभूषण हटा दिए और खड़ी हो गईं।

"मैं आपसे सहमत हूँ, प्रिय पतिदेव। चाहे कुछ भी हो जाए, वचन का सम्मान रखा जाना चाहिए।"

हरिश्चंद्र विश्वामित्र की ओर मुड़े और बोले, "हे ऋषिवर! मैंने सुना है कि काशी एक अत्यधिक समृद्ध शहर है। इसलिए मैं अपने परिवार के साथ वहाँ जाऊँगा और जब आपके लिए धन अर्जित कर लूँगा तो वापस लौट आऊँगा।"

"काशी बहुत दूर है, हरिश्चंद्र और आपको लौटने में वर्षों लग सकते हैं; संभव है, आप लौटें ही नहीं। किंतु आपने स्वर्ण देने का वचन दिया है, अत: मैं अपने शिष्य नक्षत्रक को आपके साथ भेजूँगा। माह के अंत तक आप उसे धन दे दीजिएगा। तब तक मैं यहाँ अपना शासन आरंभ करता हूँ।"

इस प्रकार हरिश्चंद्र, तारामती और रोहिताश्व ने नक्षत्रक के साथ काशी की ओर अपनी यात्रा आरंभ की। हरिश्चंद्र की प्रजा सड़क के किनारे खड़ी होकर अपने राजा की स्थिति पर आँसू बहा रही थी। लोग विश्वामित्र के प्रति क्रोध प्रकट कर रहे थे, किंतु ऋषि उन पर ध्यान नहीं दे रहे थे। नक्षत्रक भी अपने गुरु

जितना ही चतुर था और कभी भोजन, कभी पानी माँगकर और बार-बार विश्राम के लिए रुकने को कहकर परिवार को परेशान कर रहा था। तारामती ने कभी पैदल चलकर इतनी लंबी दूरी की यात्रा नहीं की थी और वह जल्दी ही थक गई। बालक रोहिताश्व को भी बिना पर्याप्त भोजन और पानी के यात्रा करने में कठिनाई हो रही थी। किंतु न तो माँ शिकायत कर रही थी, न ही पुत्र। हरिश्चंद्र अपने परिवार पर आई विपत्ति से व्यथित थे; किंतु वे विश्वामित्र को दिया वचन निभाने के लिए दृढ़ता से तत्पर थे।

विश्वामित्र ने अपनी माया से भ्रमपूर्ण चोर, वन्य पशु, तूफान, चक्रवात और बाढ़ इत्यादि उत्पन्न किए, ताकि तारामती अपने पति से प्रार्थना करें और उन्हें उनकी योजना के साथ आगे बढ़ने से रोक लें; किंतु तारामती पूरी यात्रा के दौरान उदासीन बनी रहीं और काशी विश्वनाथ के नाम का जप करती रहीं, जब तक कि सारे भ्रम अपने तार्किक अंत तक नहीं पहुँच गए।

एक लंबी और उथल-पुथल भरी यात्रा के बाद अंततः चारों काशी पहुँच गए।

वह माह का अंतिम दिन था। नक्षत्रक धन की माँग करने लगा, "या तो मुझे शीघ्र धन दें या अपनी हार स्वीकार करें।" वह हरिश्चंद्र को तंग करने लगा।

कहीं कोई राहत नजर न आने पर और दबाव का अंत न होने पर हरिश्चंद्र को अपना ऋण चुकाने का एकमात्र उपाय यही सूझा कि वह स्वयं को और अपने परिवार को बेच दें। यह उनके द्वारा लिया सबसे कठिन निर्णय था और उन्होंने इस पर काफी देर विचार किया। अंत में, उन्होंने एक सार्वजनिक घोषणा की, "मेरी पत्नी, मेरा पुत्र और मैं बिकने के लिए तैयार हैं। जो भी हमें खरीदेगा, उसे हमें उतना स्वर्ण देना होगा, जितना हम चाहते हैं। मैं चाहता हूँ कि एक लंबा व्यक्ति हाथी पर खड़े होकर भूमि पर एक सिक्का फेंके और मैं भूमि से लेकर हाथी पर खड़े उस व्यक्ति के सिर तक ऊँची स्वर्ण की ढेरी चाहता हूँ।"

यह सुनकर एक वृद्ध व्यक्ति उनके पास आया और बोला, "मेरी पत्नी बीमार है और मुझे भोजन पकाने एवं घर की सफाई करने के लिए एक सेविका चाहिए। मैं तुम्हारी पत्नी के लिए उस धन का एक हिस्सा दूँगा, जिसकी तुम्हें आवश्यकता है।"

तारामती रोने लगी।

"मुझे एक रोती हुई सेविका नहीं चाहिए। मुझे कोई ऐसा चाहिए, जो ईमानदारी से काम करे।" वृद्ध ने तारामती के आँसुओं को देखकर अनिश्चित स्वर में कहा।

"नहीं, नहीं।" तारामती ने कहा और अपने आँसू पोंछ लिये, "मैं प्रसन्नतापूर्वक आपके लिए काम करने आऊँगी; किंतु कृपया मुझे मेरे पुत्र को साथ लाने की अनुमति दे दीजिए।"

"यह तो एक समस्या हो जाएगी। मुझे तुम्हारे पुत्र को खिलाने के लिए भी खर्च करना पड़ेगा।" वृद्ध ने कहा।

"स्वामी, मेरे लिए अपने पुत्र से अलग रहना कठिन होगा।" तारामती गिड़गिड़ाई, "मैं आपको विश्वास दिलाती हूँ कि वह घर के अन्य कामों में आपकी सहायता करके अपनी रोटी कमा लेगा।"

इस आदान-प्रदान से हरिश्चंद्र अभिभूत हो गए, जबकि वृद्ध व्यक्ति ने सिर हिलाया और उनकी पत्नी और पुत्र दोनों को खरीद लिया। नक्षत्रक, जो उनसे कुछ दूर खड़ा था, ने उस वृद्ध व्यक्ति से कहा, "आप धन अपने पास ही रखें। मेरे गुरु विश्वामित्र एक दिन आकर इसे आपसे ले जाएँगे।"

तारामती ने अपने पति पर एक अंतिम स्नेहपूर्ण दृष्टि डाली और बिना एक शब्द बोले मुड़ी गई, अपने पुत्र के कंधे पर हाथ रखा और वृद्ध व्यक्ति के पीछे उसके घर की ओर चल पड़ी।

अकेले रह गए हरिश्चंद्र ने एक बार फिर घोषणा की, "मैं आजीवन उस व्यक्ति का दास बनकर रहने को तैयार हूँ, जो मुझे मेरी आवश्यकता का शेष धन देने के लिए सहमत होगा।"

एक मोटा, भारी शरीर का व्यक्ति भीड़ में से निकलकर उनके सामने खड़ा हो गया, "मैं वीराबाबू हूँ और मैं शहर के श्मशान मणिकर्णिका घाट का स्वामी और रखवाला हूँ। मुझे एक सेवक की आवश्यकता है, जो श्मशान घाट पर मेरे कर्तव्य पूरे करने में मेरी सहायता कर सके। मैं तुम्हारी जीवन भर की सेवाएँ खरीदूँगा।"

वीराबाबू ने स्वर्ण-मुद्राएँ निकालीं और हरिश्चंद्र को खरीद लिया। नक्षत्रक

एक अच्छे राजा को श्मशान के मालिक का दास बनते देख एक पल के लिए दुःखी हुआ, किंतु उसे मुनि विश्वामित्र के प्रति अपने कर्तव्य का पालन करना था। उसने वीराबाबू से कहा, "आप यह स्वर्ण अपने पास रखें। मेरे गुरु ऋषि विश्वामित्र एक दिन आकर इसे ले जाएँगे।"

इतना कहकर नक्षत्रक चला गया।

वीराबाबू हरिश्चंद्र की ओर मुड़कर बोला, "जैसा मैंने कहा था, मैं मणिकर्णिका घाट का स्वामी हूँ। किंवदंती यह है कि जब भगवान् शिव की पहली पत्नी सती की उनके पिता के यज्ञ में मृत्यु हो गई थी और शिव ने उनके शरीर को उठाकर दुःख व क्रोध में तांडव नृत्य किया था तो उनकी बालियाँ उनके कानों से निकलकर इसी क्षेत्र में गिरी थीं। इसलिए इसका नाम 'मणिकर्णिका' रखा गया। लोग इस विश्वास के कारण काशी में अपनी अंतिम साँस लेना पसंद करते हैं कि यदि उनकी अस्थियाँ गंगा नदी में प्रवाहित की जाएँगी तो वे स्वर्ग में जाएँगे। अब चलो, तुम्हारे कार्य मुख्य रूप से भूमि पर होंगे। मैं श्मशान संस्कारों के लिए एक निश्चित शुल्क लेता हूँ—मेरे लिए कुछ सोने के सिक्के और एक सोने का सिक्का एवं लँगोट तुम्हारे लिए। कभी भी अंतिम संस्कार निःशुल्क मत करना। तुम्हें दिन-रात हर समय उपलब्ध रहना होगा, क्योंकि मृत्यु का कोई समय नहीं होता और मृत शरीर किसी भी समय आ सकता है। तुम्हें यह भी सुनिश्चित करना होगा कि कोई वन्य पशु भूमि में प्रवेश नहीं करे और न ही उसे अपवित्र करता है। यह तुम्हारे लिए स्थायी निर्देश हैं।"

हरिश्चंद्र ने सिर हिलाया और समझ गए कि उन्हें मणिकर्णिका घाट पर ही रहना होगा।

शीघ्र ही वीराबाबू भी चला गया और हरिश्चंद्र अकेले रह गए।

जब हरिश्चंद्र ने घाट के नीचे बहती गंगा नदी को देखा तो वे सरयू नदी के तट पर बसे अपने राज्य और उसकी राजधानी अयोध्या के बारे में सोचने लगे। भाग्य ने किस प्रकार करवट लेकर उन्हें एक प्रख्यात राजा से एक भिखारी में बदल दिया था! वे अपनी पत्नी और पुत्र के बारे में विचार करके दुःखी अनुभव कर रहे थे और सोच रहे थे कि वे उस समय क्या कर रहे होंगे। उनकी कठिनाइयों के लिए वे स्वयं को उत्तरदायी मान रहे थे। वे केवल इसलिए पीड़ा

सह रहे थे, क्योंकि वे उनका परिवार थे। फिर भी, भले ही उनका मन भारी था, उनकी आत्मा स्वच्छ थी; क्योंकि उन्होंने अपना वादा पूरा कर दिया था। इस प्रकार, हरिश्चंद्र ने अपना नया जीवन शुरू किया।

इस बीच, तारामती उस वृद्ध व्यक्ति के घर में काम करना शुरू कर चुकी थीं। वह सुबह से शाम तक खटती रहती थीं। उनके अथक प्रयासों के बावजूद वृद्ध दंपती हमेशा उनके काम में गलती निकालते थे। रोहिताश्व भी अपने काम पूरे करने के लिए बहुत श्रम करता था, जो पूरे दिन चलते रहते थे। वह एक राजकुमार था, जिसके ध्यान का एकमात्र केंद्र युद्ध कला का अध्ययन करना और उसे सीखना था; जबकि सेवक उसके काम करने के लिए सदैव तत्पर रहते थे। किंतु अब वह लकड़ी काटने और सफाई करनेवाला एक सेवक था। उसे पर्याप्त भोजन नहीं दिया जाता था और तारामती चिंतित थीं कि उनके बेटे का दुर्बल होता शरीर अंततः जवाब दे जाएगा। फिर भी, माँ और पुत्र अपनी स्थिति का सामना अपने पूरे सामर्थ्य के साथ कर रहे थे।

एक दिन वृद्ध व्यक्ति के घर में श्राद्ध था और उसने रोहिताश्व को लकड़ी लाने के लिए भेजा। बालक ने कुल्हाड़ी ली और पास के जंगल में चला गया। जब वह लकड़ी काट रहा था तो एक साँप ने, जिसकी रचना मुनि विश्वामित्र ने की थी, उसे काट लिया और शरीर में विष फैल जाने के कारण रोहिताश्व की मृत्यु हो गई।

कुछ लोग, जिन्होंने यह घटना देखी थी, दौड़ते हुए तारामती के पास गए और उसे यह समाचार सुनाया। घबराई हुई तारामती ने वृद्ध व्यक्ति से प्रार्थना की, "कृपया मुझे मेरे पुत्र के पास जाने दीजिए, स्वामी।"

बूढ़े ने जवाब दिया, "आज श्राद्ध है और मुझे बहुत काम है। मेरे पास इसके लिए समय नहीं है। तुम्हें जो करना हो, करो, किंतु श्राद्ध शुरू होने से पहले लौट आना।"

भयभीत तारामती रोते हुए जंगल की ओर भागी। जब उसने अपने पुत्र का मृत शरीर देखा तो वह काशी विश्वनाथ से प्रार्थना करने लगी, "हे भगवान्! क्या आप हमारी पर्याप्त परीक्षाएँ नहीं ले चुके हैं, जो अब आपने मेरे पुत्र को भी मुझसे छीन लिया है? आप इसे इस तरह कैसे मरने दे सकते हैं?"

तारामती फूट-फूटकर रोती रही, जब तक कि उसके आँसू नहीं सूख गए। फिर उसे याद आया कि उसने अपने स्वामी को वचन दिया था कि वह जल्दी लौट आएगी। इसलिए वह रोहिताश्व का मृत शरीर मणिकर्णिका घाट ले गई।

श्मशान भूमि में वहाँ काम कर रहे एक पुरुष के अलावा कोई नहीं था। तारामती की ओर उसकी पीठ थी। तारामती ने उसे आवाज लगाई, "क्या आप मुझे मेरे पुत्र का शरीर यहाँ जलाने देंगे?"

"क्या आपके पास उसके लिए शुल्क है?" उस आदमी ने बिना उसकी ओर मुड़े पूछा।

"नहीं, स्वामी। मैं एक धनी व्यक्ति के घर में सेविका हूँ और मेरे पास कोई धन नहीं है।"

"तब इसका दाह-संस्कार यहाँ नहीं हो सकता।" उसने उत्तर दिया।

तारामती रोने लगी—"ओह, रोहिताश्व! देखो, भाग्य ने तुम्हारे साथ क्या किया है। तुमने एक राजकुमार के रूप में जन्म लिया था, किंतु तुम्हारी मृत्यु एक भिखारी के रूप में हुई है और मेरे पास तुम्हारे अंतिम संस्कार के लिए भी पर्याप्त धन नहीं है। मुझे समझ में नहीं आ रहा है, मैं क्या करूँ!"

तारामती का विलाप सुनकर हरिश्चंद्र को ज्ञात हुआ कि वह उनकी पत्नी थीं। उन्होंने स्वयं को मजबूत किया और उसकी ओर पीठ किए हुए ही कहा, "आपके गले में एक मंगलसूत्र है। आप उसे बेचकर धन ला सकती हैं।"

तारामती ने आश्चर्यचकित होकर ऊपर देखा और बोलीं, "आपने मेरा मंगलसूत्र कैसे देखा? यह एक दैवी आभूषण है और इसे संसार में केवल दो ही लोग देख सकते हैं—काशी के भगवान् विश्वनाथ और मेरे पति देव। फिर आप कौन हैं?"

हरिश्चंद्र उसकी ओर पलटे और तारामती ने देखा कि वे और कोई नहीं, बल्कि उसके पति थे। हरिश्चंद्र ने तारामती को देखा तो उनके धैर्य का बाँध टूट गया। वे फूट-फूटकर रोने लगे। फिर उन्होंने स्वयं को सँभाला और कहा, "हमारा पुत्र चला गया है, किंतु आपको उसके अंतिम संस्कार के लिए धन लाना होगा। मैं अपना शुल्क छोड़ सकता हूँ, किंतु अपने स्वामी के हिस्से के साथ ऐसा नहीं कर सकता। तारामती, कृपया अपने स्वामी से धन ले आइए।"

"वह वृद्ध व्यक्ति हमें पर्याप्त भोजन भी नहीं देता। क्या आपको वास्तव में लगता है कि वह हमारे पुत्र के दाह-संस्कार के लिए हमें धन देगा? दया करिए, स्वामी। रोहिताश्व आपका भी पुत्र है। हम मृत शरीर को बहुत देर तक इस अवस्था में नहीं रख सकते। मैं आपसे विनती करती हूँ, कृपया इसे थोड़ा सम्मान दें और यहाँ विश्राम करने दें।"

हरिश्चंद्र ने दु:ख के साथ सिर हिला दिया।

तारामती जानती थीं कि वे अपना विचार नहीं बदलेंगे। इसलिए उसने अपने आपको भगवान् की इच्छा के अधीन छोड़ दिया और बोली, "मैं देखती हूँ, मैं क्या कर सकती हूँ। मैं अभी इसका शरीर यहीं छोड़कर जा रही हूँ और शीघ्र ही वापस आती हूँ।"

जब वह वृद्ध के घर की ओर जा रही थी तो उसने अपने पुत्र की आयु के एक बालक को मार्ग के एक ओर मृत पड़ा देखा। अपने दु:ख और भ्रम की स्थिति में उसने उस बालक को अपना ही पुत्र समझ लिया। वह भूमि पर बैठ गई, बालक के शव को अपनी गोद में रखा और बोली, "ओ रोहिताश्व! क्या तुम पुन: जीवित हो गए हो?"

वह शरीर वास्तव में काशी के राजकुमार का था। विश्वामित्र की एक और चाल द्वारा चोरों ने काशी के राजकुमार का अपहरण करके उसकी हत्या कर दी थी। राजकीय सुरक्षाकर्मी राजकुमार को ढूँढ़ते हुए तारामती के पास पहुँच गए, जो राजकुमार का निर्जीव शरीर लेकर बैठी थी। यह मानकर कि वही राजकुमार की हत्यारी थी, उन्होंने उसे पकड़ लिया और घसीटते हुए राजा के पास ले गए।

"महाराज, यही वह राक्षसी स्त्री है, जिसने राजकुमार की हत्या की है।"

राजा दु:ख से भर गए। किंतु जब रानी ने अपने पुत्र का मृत शरीर देखा तो वह आघात से मूर्च्छित हो गई।

तारामती अभी भी बहुत दु:खी थी और उसकी मानसिक स्थिति ठीक नहीं थी। वह बड़बड़ाने लगी, "मेरे पुत्र को साँप ने काट लिया है और मेरे पति मुझे दाह का शुल्क दिए बिना उसका अंतिम संस्कार करने की अनुमति नहीं दे रहे हैं।"

राजा दु:ख के अतिरेक में कुछ समझ नहीं पा रहे थे। बिना कुछ विचार

किए उन्होंने आदेश दे दिया, "इस स्त्री का सिर धड़ से अलग कर दो। इसे मणिकर्णिका घाट ले जाओ और वहीं पर इसे मार दो।"

सैनिक तारामती को मणिकर्णिका घाट ले गए और हरिश्चंद्र से कहा कि उन्हें इस अपराधी का सिर काटना था। हरिश्चंद्र ने तारामती को देखा। उनका चेहरा निस्तेज व निर्जीव हो गया। वे इसके लिए तैयार नहीं थे। वे जानते थे कि तारामती ने राजकुमार की हत्या नहीं की। किंतु उन्हें उसे मारने का आदेश मिला था और राजा की आज्ञा का पालन करना उनका कर्तव्य था।

उन्होंने बंद आँखों से अपनी तलवार उठाई और तारामती का सिर काटने के लिए तैयार हो गए। अचानक आकाश से पुष्प-वर्षा होने लगी। शरीर पर कोमल पंखुड़ियों का स्पर्श महसूस होने पर हरिश्चंद्र ने अपनी आँखें खोलीं। उनके सामने ऋषि वसिष्ठ खड़े थे।

"हरिश्चंद्र, आपने अपनी धर्मनिष्ठता प्रमाणित कर दी है। मुझे आप पर गर्व है।"

हरिश्चंद्र चकित रह गए और समझने का प्रयास करने लगे कि क्या हो रहा था। तारामती भी आश्चर्यचकित हो गईं।

अपनी आँखों की कोरों से हरिश्चंद्र ने रोहिताश्व को हिलते देखा। बालक ने अपनी आँखें खोलीं और ऐसे उठकर बैठ गया, जैसे कि गहरी नींद से जागा हो।

तब तक मुनि विश्वामित्र की माया का भी अंत हो गया था और काशी के राजा अपने पुत्र के साथ, जो जीवित तथा स्वस्थ था, भागते हुए वहाँ आ गए।

अब विश्वामित्र नक्षत्रक के साथ वहाँ आए और हरिश्चंद्र को संबोधित करके बोले, "मुझे आप पर गर्व है। आपको इतनी चुनौतीपूर्ण परीक्षा में डालने के लिए मैं क्षमा चाहता हूँ। किंतु आपने प्रत्येक स्थिति का सामना बिना किसी विरोध या क्रोध के किया। आप वास्तव में समस्त राजाओं में से सर्वाधिक धर्मनिष्ठ हैं। जब तक इस संसार का अस्तित्व है, काशी विश्वनाथ को साक्षी मानते हुए, आज से आप सत्य हरिश्चंद्र के नाम से जाने जाएँगे और मणिकर्णिका घाट पृथ्वी के सबसे पवित्र घाटों में से माना जाएगा। मैं आपका राज्य आपको लौटाता हूँ और साथ ही अपने अच्छे कर्मों द्वारा अर्जित पुण्यों का आधा हिस्सा आपके साथ साझा करता हूँ।"

राजा हरिश्चंद्र ने ऋषियों के आशीर्वाद को स्वीकार किया और अपने परिवार के साथ अयोध्या वापस लौट गए। उन्होंने लंबे समय तक बुद्धिमत्तापूर्वक अयोध्या पर शासन किया।

आज के समय में नक्षत्रक नाम का प्रयोग ऐसे व्यक्ति के लिए किया जाता है, जो किसी पुरुष या स्त्री के पीछे घूमता रहता है और वाक्यांश 'नक्षत्रक की तरह मेरा पीछा मत करो!' का इस संदर्भ में अकसर उपयोग होता है।

यदि आप आज काशी (वाराणसी) जाएँ तो आप मणिकर्णिका घाट पर अपनी बारी की प्रतीक्षा करते शवों के ढेर देख सकते हैं। दाह के बाद अस्थियाँ गंगा नदी में विसर्जित कर दी जाती हैं। वीराबाबू के वंशजों के पास अभी भी घाट का स्वामित्व है। और हाँ, भगवान् विश्वनाथ अनंत साक्षी बने हुए हैं।

□

सोने का पेड़

श्रीराम के पूर्वज, एक प्रसिद्ध योद्धा और सुप्रसिद्ध सूर्यवंशी राजा रघु का एक विशाल साम्राज्य था, जो आज के भारत और पाकिस्तान के साथ-साथ मध्य एशिया के कुछ हिस्सों में भी फैला हुआ था। जब भी वे किसी युद्ध में विजय प्राप्त करते तो एक विशाल यज्ञ करवाते और जो भी उनके पास आता, उसे दान देते थे।

उनके राज्य में कौस्थेय नाम का एक निर्धन बालक रहता था। कौस्थेय एक उत्कृष्ट छात्र था और उसके गुरु उसके जैसे निर्धन छात्र से गुरुदक्षिणा की अपेक्षा किए बिना उसे शिक्षा प्रदान करते थे।

समय के साथ कौस्थेय ने अपनी शिक्षा पूरी की और अपने शिक्षक से पूछा, "गुरुजी, मैं आपको गुरुदक्षिणा में क्या दे सकता हूँ? कृपया मुझे बताएँ।"

गुरु ने कहा, "मैं तुम्हारी पृष्ठभूमि जानता हूँ, अतः मुझे कोई शुल्क नहीं चाहिए। तुम एक अद्‍भुत शिष्य रहे हो। आगे बढ़ो और दूसरों तक अपना ज्ञान फैलाओ। मैं उसी को अपनी गुरुदक्षिणा समझ लूँगा। मैं तुमको आशीर्वाद देता हूँ, पुत्र। अब अपना रास्ता ढूँढ़ो और अपनी नियति की सेवा करो।"

लेकिन कौस्थेय ने जोर देते हुए कहा, "मेरा मानना है कि जब तक गुरुदक्षिणा नहीं दी जाती, तब तक शिक्षा अपूर्ण होती है। मुझे आपको कुछ तो देना ही होगा।"

गुरु ने विरोध किया, लेकिन कौस्थेय हठ पर अड़ा रहा। अंत में गुरु को क्रोध आ गया और वे बोले, "यदि तुम इतने अटल हो तो मुझे दस लाख स्वर्ण मुद्राएँ दे दो। यदि नहीं दे सकते तो स्वीकार कर लो कि तुम भुगतान नहीं कर

सकते। मेरा आशीर्वाद लो और अपने मार्ग पर आगे बढ़ जाओ।"

कौस्थेय आश्चर्यचकित हो गया। उसने अपने गुरु द्वारा ऐसी धनराशि माँगे जाने की आशा नहीं की थी। वह चिंतित हो गया।

"मैं इतना धन कैसे प्राप्त करूँगा? शायद मुझे तभी चले जाना चाहिए था, जब मेरे गुरु ने कहा था; किंतु मेरा अहंकार रास्ते में आ गया। अब मुझे अपना सर्वश्रेष्ठ प्रयास करना होगा।" उसने सोचा।

कौस्थेय ने कहा, "गुरुजी, आपके आशीर्वाद से मैं यह धनराशि प्राप्त कर लूँगा और आपको दे दूँगा।" कहकर वह वहाँ से चला गया।

घने जंगल के बीच से यात्रा करते हुए कौस्थेय अपने सामने खड़े कार्य के बारे में विचार कर रहा था। 'मैं किसके पास जा सकता हूँ?' वह सोच रहा था। अचानक उसे राजा रघु का विचार आया। उसे विश्वास था कि राजा उसे रिक्त हस्त नहीं लौटाएँगे, सो वह राजा रघु के महल की ओर चल पड़ा।

जब कौस्थेय महल में पहुँचा तो राजा रघु ने पानी के घड़ों के साथ सम्मानपूर्वक उसका स्वागत किया। जब कौस्थेय ने मिट्टी के घड़े देखे तो वह निराश हो गया। उसने सोचा, ऐसे बरतन लेकर चलनेवाले राजा के पास अपने अतिथियों को देने के लिए कुछ अधिक नहीं होगा। राजा ने कौस्थेय का आतिथ्य-सत्कार किया और उसके आने का कारण पूछा, "हे विद्वान् पुरुष! आपकी इच्छा मेरे लिए आदेश है। आप मेरे पास किस प्रयोजन से आए हैं?"

कौस्थेय ने हिचकिचाते हुए कहा, "मुझे दस लाख स्वर्ण मुद्राएँ चाहिए।"

महाराज रघु ने कहा, "मैंने अभी-अभी अपना यज्ञ पूरा किया है और जो कुछ कर सकता था, सब दान कर दिया है। अब मेरे पास केवल ये मिट्टी के बरतन बचे हैं। किंतु आपकी इच्छा पूरी करना मेरा कर्तव्य है। कृपया मुझे कुछ समय दें, ताकि मैं आपके लिए इस धनराशि का प्रबंध कर सकूँ।"

उस रात राजा रघु बिस्तर पर लेटकर सोचने लगे, 'मैं यह धनराशि कहाँ से लाऊँ? शायद धन के देवता कुबेर मेरी सहायता कर पाएँगे। मैं एक राजा हूँ और किसी से दान या धन नहीं माँग सकता। इसलिए मेरे पास एकमात्र विकल्प है कुबेर से युद्ध करके उन्हें पराजित करना। तब मैं विजयी होकर कौस्थेय को धन दे सकता हूँ।'

अगले दिन रघु ने कुछ चुनिंदा सैनिकों के साथ उत्तर दिशा में कुबेर के निवास स्थान की ओर प्रस्थान किया। उन्होंने पूरी रात यात्रा की और अंततः कुबेर की राजधानी अलकापुरी के बाहर आकर रुक गए।

कुबेर के पास कई गुप्तचर थे, जो दिन-रात अपने राज्य में होनेवाली गतिविधियों पर नजर रखते थे। शीघ्र ही कुछ गुप्तचर महल में भागते हुए गए और उन्हें चेतावनी दी, "महाराज, महान् योद्धा राजा रघु आपके विरुद्ध युद्ध करने के लिए तैयार होकर आए हैं और ऐसा वे केवल उस वचन के कारण कर रहे हैं, जो उन्होंने एक मुनि को दिया है कि वे उन्हें दस लाख स्वर्ण मुद्राएँ देंगे।"

कुबेर रघु के आगमन के बारे में जानकर हैरान हो गए और उन्होंने अपनी जादुई शक्तियों का प्रयोग करके रघु का पता लगाया, जो जंगल में शमी के एक पेड़ के नीचे सो रहे थे। कुबेर ने शीघ्रता से पेड़ की पत्तियों को स्वर्ण मुद्राओं में बदल दिया।

अगली सुबह जब महाराज रघु जागे तो उन्होंने पेड़ को सोने के सिक्कों से ढका देखा। वे समझ गए कि इसके पीछे कुबेर का जादू था। उन्होंने अपने सैनिकों से कहा, "हमारा कार्य पहले ही पूरा हो चुका है और अब हमें युद्ध छेड़ने की कोई आवश्यकता नहीं है। चलो, हम इस पेड़ से दस लाख स्वर्ण मुद्राएँ ले लेते हैं और शेष मुद्राओं को यूँ ही छोड़ देते हैं। एक राजा का जीवन साधु की तरह होना चाहिए—आसक्ति कम-से-कम या नहीं के बराबर होनी चाहिए।"

दस लाख मुद्राएँ लेकर रघु अपने राज्य में वापस आ गए और उन्होंने कौस्थेय को सूचना भिजवा दी कि वे आकर मुद्राएँ ले जाएँ।

इस बीच देवता सबकुछ देख रहे थे और रघु के नेक इरादों को देखते हुए उन्होंने रघु एवं उसके साम्राज्य को समृद्धि का आशीर्वाद दिया।

कौस्थेय ने मुद्राएँ ले लीं और जाकर अपने गुरु को दे दीं, जिन्हें सुखद आश्चर्य हुआ। उन्होंने अपने शिष्य को आशीर्वाद दिया, "तुम्हारी गुरुदक्षिणा पूरी हो गई। अब जाकर इस संसार में फलो-फूलो, पुत्र।"

कौस्थेय के गुरु ने उसी दिन सारी स्वर्ण-मुद्राएँ गरीबों को दान कर दीं। वह अश्वायुज के महीने का दसवाँ दिन था और उस दिन से इस दिन धन वितरित

करना एक प्रथा बन गई। आज के समय में, यदि किसी व्यक्ति के पास दान करने के लिए सोना नहीं होता तो वह शमी के पेड़ की पत्तियाँ बाँटता है। बाद में यह माना गया कि श्रीराम ने इसी दिन रावण को हराया था और इस महीने का दसवाँ दिन विजयादशमी या दशहरा के रूप में जाना जाने लगा।

तब से शमी (प्रोसोपिस सीनेरिया) को एक शुभ वृक्ष माना जाता है और इसे 'सोने का पेड़' भी कहा जाता है।

किंवदंती यह भी है कि जब पांडव एक वर्ष के लिए निर्वासन में थे तो उन्हें डर था कि यदि वे अपने हथियार लेकर चलेंगे तो लोग उन्हें पहचान लेंगे। इसलिए उन्होंने हथियारों को इकट्ठा किया, उन्हें कपड़े की सहायता से एक शमी वृक्ष पर कसकर बाँध दिया और विराटनगर में निहत्थे प्रवेश किया। इस प्रकार, यह वृक्ष उनके निर्वासन के दौरान सहायता का एक बड़ा स्रोत बन गया।

आज पूरे देश में लोग नवरात्र के नौ दिनों और देवी दुर्गा की पूजा के बाद विजयादशमी मनाते हैं। दसवें दिन शमी की पत्तियों को एक डिब्बे में रखा जाता है और मित्रों व रिश्तेदारों को वितरित किया जाता है। लोग बुजुर्गों के चरण छूते हैं और कहते हैं, "कृपया इन शमी पत्तियों को स्वीकार करें और हमें आशीर्वाद दें, ताकि हम अपने जीवन में समृद्धि को प्राप्त करें।"

□

रावण : एक जटिल असुर

वैश्रवण की कथा

महान् ऋषि पुलस्त्य एक बहुत ही विद्वान् पुरुष थे, जो महामेरु पर्वत के निकट एक जंगल में कठोर तपस्या कर रहे थे। वे केवल उतना ही खाते थे, जितना जीवित रहने के लिए आवश्यक था और एक साधारण व अनुशासित जीवन व्यतीत करते थे। देवताओं के राजा इंद्र ने सोचा कि पुलस्त्य उनका सिंहासन छीनने के लिए तपस्या कर रहे थे, इसलिए उनकी तपस्या को बाधित करने के लिए उन्होंने उत्तम फूलों एवं स्वादिष्ट फलों के साथ कुछ दिव्य सुंदरियाँ भेज दीं।

पुलस्त्य हालाँकि अपने चारों ओर के विकर्षणों से निर्लिप्त रहते थे, किंतु ऋषि समझ गए कि इंद्र ने अप्सराओं को उन्हें परेशान करने के निर्देश दिए थे। अप्सराएँ आनंद के साथ संगीत और नृत्य का प्रदर्शन करने लगीं। अंत में क्षुब्ध होकर ऋषि ने उन्हें शाप दे दिया, "जो भी स्त्री मुझ पर अपनी दृष्टि डालेगी, निश्चित रूप से एक वर्ष के भीतर एक शिशु को जन्म देगी।"

जब अप्सराओं ने ये शब्द सुने तो वे तुरंत भाग गईं और पुलस्त्य ने शांतिपूर्वक अपनी तपस्या जारी रखी।

दिन बीत गए।

राजा तृणबिंदु, जिनका उस राज्य पर शासन था, की एक सुंदर पुत्री थी। एक दिन वह अपनी सखियों के साथ निकट के वन में गई, किंतु रास्ता भूल गई। वह वन में भटकती रही और अचानक उसने स्वयं को पुलस्त्य के आश्रम में पाया, जहाँ उसने ऋषि को ध्यानमग्न देखा। बिना उनका ध्यान भंग किए शाप से अनभिज्ञ राजकुमारी ने उन्हें प्रणाम किया और आश्रम से निकल गई। शीघ्र ही

उसे उसकी सखियाँ मिल गईं और वे महल में लौट गईं।

कुछ दिनों बाद राजकुमारी को अपने शरीर में कुछ परिवर्तन महसूस हुआ। यह सोचकर कि वह बीमार पड़ने वाली थी, राजकुमारी राजवैद्य के पास गई, जिन्होंने उसका परीक्षण करके बताया, "आप गर्भवती हैं।"

राजकुमारी स्तब्ध रह गई। जब उसके पिता तृणबिंदु को इस बारे में पता चला तो वे आश्चर्यचकित हो गए। लेकिन वे एक समझदार व्यक्ति और एक बुद्धिमान दार्शनिक थे। वे जानते थे कि उनकी पुत्री ऐसा कोई काम नहीं कर सकती थी, जो उसके राजकीय कर्तव्यों में हस्तक्षेप कर सकता था या उसकी प्रतिष्ठा को हानि पहुँचा सकता था। इसलिए उन्होंने अपनी पुत्री से हाल की घटनाओं के बारे में पूछताछ की। अंत में, राजा को ज्ञात हुआ कि यह परिवर्तन राजकुमारी की पुलस्त्य ऋषि के आश्रम की यात्रा के बाद ही हुआ हो सकता था। अत: वे तत्काल अपनी पुत्री को लेकर ऋषि से मिलने वन के लिए चल दिए।

जब वे आश्रम पहुँचे तो ऋषि ध्यान की स्थिति में नहीं थे और उन्होंने आगंतुकों का स्वागत किया। राजा ने ऋषि को सारी स्थिति समझाई, जिस पर उन्होंने कहा, "राजन्, मैं राजकुमारी से विवाह करूँगा। वह एक ऐसे शिशु को जन्म देगी, जो संसार में बहुत प्रसिद्ध होगा।"

राजा सहमत हो गए और राजकुमारी एवं ऋषि पुलस्त्य का विवाह हो गया। वे एक सुखी दंपती थे। कुछ महीनों बाद राजकुमारी ने एक स्वस्थ बालक को जन्म दिया, जिसका नाम उन्होंने 'विश्रवा' रखा।

विश्रवा आगे चलकर अपने ज्ञान एवं यौगिक शक्तियों के कारण एक महान् ऋषि बने। वे अपने पिता की तरह थे—एक विद्वान् और शांत पुरुष। उन्होंने पहले इलावदा से विवाह किया, जिनसे उन्हें वैश्रवण नाम का पुत्र हुआ। बाद में उन्होंने कैकसी से भी विवाह किया, जिसने रावण को जन्म दिया।

वैश्रवण आश्रम में बड़े हुए और उन्होंने अपने पिता व पितामह की तरह कई यज्ञ किए।

एक दिन उनके सामने ब्रह्माजी प्रकट हुए और बोले, "मैं तुम्हारी तपस्या और ज्ञान से प्रसन्न हूँ। बताओ वैश्रवण, मैं तुम्हें क्या दे सकता हूँ? तुम्हारी क्या इच्छा है?"

वैश्रवण ने उत्तर दिया, "मैं खगोलीय कोष के वित्त और सभी संबंधित मामलों का प्रबंधन करना चाहता हूँ और दिशाओं के देवताओं के समान ही अभिजात वर्ग में रहना चाहता हूँ। दिशाओं के केवल तीन देवता हैं और मैं चौथा होना चाहता हूँ।"

भगवान् ब्रह्मा मुसकराए और सहमत हो गए, "ऐसा ही होगा। आज से तुम्हें 'कुबेर' के नाम से जाना जाएगा और तुम इंद्र, जो देवताओं और पूर्व दिशा के राजा हैं; वरुण, जो जल और पश्चिम के देवता हैं तथा यम, जो मृत्यु और दक्षिण के देवता हैं, के समकक्ष होगे। पुत्र, तुम धन और उत्तर के देवता होगे। मैं तुम्हें आशीर्वाद-स्वरूप पुष्पक विमान भी देता हूँ—वह रथ, जो तुम्हारी इच्छानुसार किसी भी दिशा में उड़ सकता है। मुझे विश्वास है, तुम ज्ञान और विनय के साथ अपने वरदान सँभालोगे।"

कुबेर अपने पिता विश्रवा के पास गए और बोले, "पिताश्री, भगवान् ब्रह्मा ने मुझ पर बहुत कृपा की है। मैंने जितना माँगा था, उन्होंने मुझे उससे अधिक दिया है; किंतु उन्होंने मेरे रहने के लिए कोई स्थान निर्धारित नहीं किया है। कृपया मुझे परामर्श दें कि मैं कहाँ रह सकता हूँ, ताकि मैं किसी भी जीवित प्राणी को हानि न पहुँचाऊँ, चाहे वह मानव हो या पशु? इससे मुझे बहुत प्रसन्नता होगी।"

विश्रवा को अपने पुत्र का विनम्र निवेदन अच्छा लगा और उन्होंने उत्तर दिया, "दक्षिणी समुद्र पर जाओ और दक्षिण दिशा की ओर यात्रा करते रहो, जब तक कि तुम एक द्वीप पर नहीं पहुँच जाते। वह द्वीप लंका प्रदेश है। वहाँ त्रिकुट नाम के एक पर्वत को ढूँढ़ना, जिसके निकट लंका नाम का नगर है। उस नगर में एक गहरी खाई एवं किला है और स्वर्ण से बना एक महल है। लंका का निर्माण स्वर्ग के वास्तुशिल्पी विश्वकर्मा ने असुरों के लिए किया था; किंतु असुर भगवान् विष्णु के भय से पाताल लोक भाग गए। अत: वह नगर अब रिक्त पड़ा है। तुम वहाँ रहकर उस पर शासन कर सकते हो।"

कुबेर ने मुसकराकर अपने पिता को धन्यवाद कहा।

शीघ्र ही वह लंका जाकर वहाँ बस गए। समय बीतने के साथ कई असुर भी आकर उनके राज्य में रहने लगे। कुबेर अपने राज्य पर बुद्धिमत्तापूर्ण शासन करते थे और अपनी प्रजा का ध्यान रखते थे।

ब्रह्मा के वरदान

ऋषि कश्यप की अनेक पत्नियाँ थीं। उनकी पत्नी अदिति के गर्भ से जन्म लेने वाले शिशु देवता बने, दिति के गर्भ से जन्म लेनेवाले असुर और कद्रू के शिशु नाग कहलाए। इसी प्रकार उनकी अन्य पत्नियों ने यक्षों और किंपुरुषों को जन्म दिया।

जिन असुरों ने अपने लिए लंका का निर्माण किया था, वे अत्यंत अहंकारपूर्ण व्यवहार कर रहे थे और दूसरों के लिए समस्याएँ उत्पन्न कर रहे थे। भगवान् विष्णु ने लंका जाकर उन्हें दंड दिया, इसलिए वे पाताल लोक भाग गए।

असुर वंश में आगे की पीढ़ी में माल्यवान्, सुमाली और माली का जन्म हुआ। उन तीनों भाइयों के कई पुत्र थे।

सुमाली की पुत्री कैकसी असाधारण रूप से सुंदर और बुद्धिमती थी। एक दिन जब सुमाली ने प्रसिद्ध ऋषि विश्रवा (कुबेर के पिता) को देखा तो उनसे अपनी पुत्री का विवाह करने का निश्चय कर लिया। योजना और षड्यंत्र के माध्यम से सुमाली अपने उद्‌देश्य में सफल हो गए और विश्रवा का विवाह कैकसी से हो गया। उनके तीन पुत्र हुए—रावण, कुंभकर्ण, विभीषण और एक पुत्री हुई, जिसका नाम शूर्पणखा था।

रावण के दादा पुलस्त्य भविष्य देख सकते थे। उन्होंने कैकसी से कहा, "तुम्हारे पहले दो पुत्र तुम्हारे वंश का नाम खराब करेंगे, किंतु तुम्हारा तीसरा पुत्र सदैव एक सज्जन पुरुष के रूप में जाना जाएगा।"

कैकसी ने अपने पुत्रों को दो संस्कृतियों के आदर्शों के साथ बड़ा किया—अपने पिता के साम्राज्य की वैदिक संस्कृति और अपनी माता के परिवार की योद्धा विचारधारा।

कैकसी का ज्येष्ठ पुत्र रावण एक सुंदर राजकुमार था, जिसमें ऋषियों और असुरों दोनों के गुण थे। उसे दशग्रीव, दशानन और दशमुख—दस सिरोंवाला पुरुष भी कहा जाता था। ऐसा नहीं था कि रावण के वास्तव में दस सिर थे; उसके पास दस गुना ज्ञान था। अपने ज्ञान और शिक्षा के माध्यम से रावण को हर समय ज्ञात होता था कि छह दिशाओं—उत्तर, दक्षिण, पूर्व, पश्चिम, ऊर्ध्व

(आकाश के ऊपर) और अधो (पृथ्वी के नीचे) क्या हो रहा था। उसके पास चारों वेदों का गहरा ज्ञान और अंतर्दृष्टि थी।

हालाँकि एक असुर के रूप में रावण के लिए स्त्रियाँ कमजोरी थीं, एक दोष, जिसे वह नियंत्रित नहीं कर सका और जो अंतत: उसके पतन का कारण बन गया।

कुंभकर्ण, दूसरा पुत्र, मुख्य रूप से आसुरी गुणों के साथ पैदा हुआ था; किंतु वह हृदय से अच्छा था और अपने भाई रावण के प्रति आज्ञाकारी था और बिना कोई प्रश्न किए उसके आदेशों का पालन करता था। उसकी शक्ति से इंद्र चिंतित थे, जिन्हें भय था कि यदि रावण ने देवताओं को पराजित करने पर अपना ध्यान केंद्रित किया और कुंभकर्ण की सहायता ली तो देवताओं के लिए युद्ध में जीतना अत्यंत कठिन हो जाएगा।

तथापि सबसे छोटे राजकुमार विभीषण का झुकाव आरंभ से ही पवित्रता एवं शांति की ओर था और उसने किसी भी तरह के राक्षसी गुणों का प्रदर्शन नहीं किया था।

एक दिन कुबेर अपने पिता विश्रवा से मिलने आए और अपने सौतेले भाइयों व बहन से मिले। उनके पुष्पक विमान को देखकर कैकसी को बहुत ईर्ष्या हुई। उसने अपने तीनों पुत्रों से कहा, "जब तुम लोग बड़े हो जाओगे तो तुम्हें तुम्हारे सौतेले भाई कुबेर से अधिक सफल होना होगा। तनिक देखो उसको—वह हमारे राज्य पर शासन कर रहा है। वहाँ के वास्तविक शासक असुर होने चाहिए थे। तुम सब शक्तिशाली हो। तुम्हें लंका प्रदेश उससे वापस लेने की योजना बनानी चाहिए। ब्रह्माजी की आराधना करो और उनसे वरदान प्राप्त करो, जो तुम्हें इस लक्ष्य को प्राप्त करने में सहायता करेगा। मुझे दयालु और कृपालु ब्रह्मा में विश्वास है। वे तुम्हें आशीर्वाद देंगे। उनसे प्रार्थना करो।"

सो तीनों भाइयों ने ब्रह्माजी को प्रसन्न करने के लिए तपस्या आरंभ कर दी, जो कई वर्षों तक जारी रही। अंत में ब्रह्माजी उन तीनों के सामने प्रकट हुए और बोले, "मैं तुम्हारी सच्ची भक्ति से प्रभावित हूँ। तुम जो चाहो, मुझसे माँग सकते हो।"

रावण ने कहा, "हे प्रभु! मैं अमरत्व चाहता हूँ।"

ब्रह्मा ने मुसकराते हुए कहा, "पुत्र, तुम जानते हो कि मैं तुम्हें यह वरदान नहीं दे सकता।"

रावण मनुष्यों की शक्ति को तुच्छ समझता था। वे आसानी से कुचले जाते थे—जैसे एक हाथी के सामने चींटियाँ। इसलिए उसने कहा, “इस स्थिति में कृपया मुझे वरदान दें कि मैं किसी देवता के हाथों न मारा जाऊँ।”

ब्रह्मा ने कहा, “तथास्तु!”

रावण को अनुमान नहीं था कि भगवान् विष्णु राम के मानव रूप में अवतार लेंगे और उसकी मृत्यु का कारण बनेंगे। ब्रह्माजी ने आगे कहा, “इसके अतिरिक्त, मैं तुम्हें दो और वरदान देता हूँ। यदि तुम युद्ध में एक सिर खो देते हो तो तुम्हें उसके स्थान पर एक और सिर प्राप्त हो जाएगा। इसके अतिरिक्त, तुम जिसका चाहो, उसका रूप धारण कर सकते हो।”

रावण ने हाथ जोड़कर ब्रह्माजी को धन्यवाद दिया।

अब ब्रह्माजी शक्तिशाली कुंभकर्ण की ओर मुड़े। जब कुंभकर्ण ने ब्रह्माजी की तपस्या करनी आरंभ की थी, तब इंद्र ने सरस्वतीजी से अनुरोध किया था, “हे देवी! आप किसी भी व्यक्ति के भाषण को प्रभावित कर सकती हैं। जब ब्रह्माजी कुंभकर्ण के सामने प्रकट होंगे तो मुझे डर है कि वह मेरा सिंहासन या कुछ ऐसा माँग सकता है, जो स्वर्ग पर मेरे नियंत्रण को समाप्त कर देगा। मैं आपसे अनुरोध करता हूँ कि कृपया उसके शब्दों का सही समय पर उचित रूप से मार्गदर्शन करें।”

ब्रह्मा ने कुंभकर्ण से पूछा, “तुम क्या चाहते हो, पुत्र?”

कुंभकर्ण इंद्रासन माँगना चाहता था, जो देवताओं के राजा इंद्र का सिंहासन था; किंतु देवी सरस्वती ने अपनी शक्तियों का उपयोग करके उसकी जीभ को मोड़ दिया और 'इंद्रासन' कहने के बजाय कुंभकर्ण ने कहा, “मुझे निद्रासन (नींद) चाहिए।”

“तथास्तु!” ब्रह्माजी ने आशीर्वाद दिया।

कुंभकर्ण तुरंत भूमि पर गिर गया और सो गया।

अंत में विभीषण की बारी आई।

जब ब्रह्माजी ने पूछा कि उसे क्या वरदान चाहिए था, तो विभीषण ने कहा, “भगवान्, कृपया मुझे वरदान दें कि मैं सदैव स्थिर रहूँ और धर्म के मार्ग से कभी न भटकूँ, चाहे मैं किसी भी परिस्थिति में रहूँ।”

ब्रह्मा बहुत प्रसन्न हुए—“एक वरदान के रूप में यह बहुत ही असाधारण

अनुरोध है। तुम्हें सदा एक धर्मनिष्ठ व्यक्ति के रूप में जाना जाएगा और संसार में तुम्हें तुम्हारी धर्मनिष्ठता के लिए याद किया जाएगा।"

तीनों भाई वापस लौट आए और अपनी माँ कैकसी को अपने-अपने वरदानों के बारे में सूचित किया।

समय के साथ रावण को पता चल गया कि इंद्र ने अपना सिंहासन बचाने के लिए कुंभकर्ण को कैसे छला था। क्रोध से भरकर उसने इंद्र के राज्य की ओर प्रस्थान किया, इंद्र को पराजित किया और बंदी बना लिया। फिर रावण ब्रह्मा के पास वरदान को उलटा करवाने के लिए गया।

ब्रह्मा ने कहा, "मैं पहले से दिए वरदान को उलट नहीं सकता हूँ। यद्यपि मैं इसे संशोधित कर सकता हूँ। अब से कुंभकर्ण वर्ष के छह माह सोएगा और छह माह जागेगा।"

इस बात से संतुष्ट होकर कि उसके भाई को कम-से-कम कुछ सुविधा तो मिली, रावण ने ब्रह्मा का धन्यवाद किया और वापस लौट आया।

रावण ने, यह जानकर कि वह अब अजेय था, अपनी माँ की इच्छानुसार लंका पर आक्रमण करने की तैयारी कर ली।

रावण ने कुबेर को संदेश भेजा—"लंका असुरों की है और तुम एक बाहरी व्यक्ति हो। अपनी स्वयं की इच्छा से नगर को छोड़कर चले जाओ। यदि तुम ऐसा नहीं करते हो तो मुझे आपके विरुद्ध युद्ध करना होगा और वह प्राप्त करना होगा, जो उचित रूप से मेरा है।"

कुबेर ने उत्तर दिया, "मैंने लंका पर तब अधिकार किया था, जब वह रिक्त पड़ी थी और वह भी बिना किसी को चोट पहुँचाए। यदि तुम्हें वास्तव में लगता है कि यह नगर तुम्हारा है तो तुम इसे ले लो। मैं शांति से चला जाऊँगा।"

फिर कुबेर इस समाचार के साथ अपने पिता ऋषि विश्रवा के पास गए।

"रावण बहुत क्रूर हो सकता है, विशेष रूप से अपने शत्रुओं के लिए।" ऋषि ने सोचते हुए कहा—"उसे ब्रह्माजी ने तीन वरदान दिए हैं, जिन्होंने उसे बहुत शक्तिशाली बना दिया है। मेरा सुझाव है कि तुम उत्तर में जाओ और वहाँ अपने राज्य की स्थापना करो और बुद्धिमत्तापूर्वक शासन करते रहो, जैसे इतने वर्षों से किया है। यक्ष और किन्नर तुम्हारी प्रजा होंगे। आश्वस्त रहो, रावण को

उचित समय पर अपने कर्मों का फल मिलेगा।"

कुबेर ने अपने पिता की सलाह मान ली और उत्तर दिशा की यात्रा करके अपने राज्य और राजधानी अलकापुरी की स्थापना की।

इस बीच रावण को लंका का राजा बना दिया गया। संसार के विभिन्न हिस्सों से असुर लंका आए और वहीं बस गए।

समय बीता और रावण ने अपने साम्राज्य का विस्तार करने का निर्णय लिया। उसने यमलोक, सूर्यलोक, चंद्रलोक और वरुणलोक—जो क्रमश: यम, सूर्य, चंद्र और वरुण के राज्य थे—पर आक्रमण करने का विचार किया। इन सभी स्थानों पर जाने के लिए, जो एक-दूसरे से दूर और अलग दिशाओं में थे, रावण के मन में पुष्पक विमान प्राप्त करने की इच्छा उत्पन्न हुई और वह कुबेर के पास अलकापुरी चला गया। जब कुबेर ने उसे समझाने का प्रयास किया तो वह क्रोधित हो गया और कुबेर से बलपूर्वक पुष्पक विमान छीनकर ले गया।

रावण के शाप

अपनी माँ की तरह रावण शिवजी का बहुत बड़ा भक्त था। उसे वेद, ज्योतिष एवं संगीत का गहरा ज्ञान था और वह वीणा भी बजाता था। उसने भगवान् शिव की स्तुति में कई स्तोत्र भी लिखे।

एक दिन वह भगवान् शिव और देवी पार्वती से मिलने के लिए कैलास पर्वत पर गया। वहाँ से लौटते समय उसने शिव के प्राथमिक वाहन नंदी बैल को देखा। रावण ने टिप्पणी की, "मेरे वाहन पुष्पक विमान को देखिए। यह अद्वितीय और दैवी है। मैं बैल को देखता हूँ और आश्चर्य करता हूँ कि इतना निर्बल पशु शिवजी का वाहन कैसे हो सकता है।"

नंदी कोई साधारण बैल तो नहीं थे। जब रावण की अपमानजनक टिप्पणियाँ नहीं रुकीं तो नंदी ने उसे शाप दे दिया, "तुम्हारे मन में पशु जाति के लिए कोई सम्मान नहीं है। मेरा शाप है कि तुम्हारा वंश केवल एक वानर की सहायता से नष्ट हो जाए।"

अहंकारी रावण नंदी को अनदेखा करते हुए वहाँ से चला गया। उसे ज्ञात

नहीं था कि बैल के शब्द एक दिन सच हो जाएँगे।

यह पहला शाप था, जो रावण ने अपने सिर पर लिया था।

उस समय अयोध्या के राजा अनरण्य एक सूर्यवंशी और न्यायप्रिय शासक थे। अपने शासन के दौरान रावण ने विभिन्न राज्यों पर विजय प्राप्त करना और जो भी उसके रास्ते में आता, उसे मारना शुरू कर दिया।

जब रावण अनरण्य के सामने आया तो उसने उन्हें आदेश दिया कि वह आत्मसमर्पण कर दें और अपना राज्य उसके हवाले कर दें। अनरण्य ने मना कर दिया। इसके फलस्वरूप दोनों की सेनाओं के बीच एक भीषण युद्ध छिड़ गया। किंतु अनरण्य रावण की बराबरी नहीं कर सकते थे। शक्तिशाली रावण ने अनरण्य पर इतनी शक्ति के साथ आक्रमण किया कि वह गंभीर रूप से घायल होकर रथ से नीचे गिर गए। रावण ने उनका परिहास करते हुए कहा, "ओ मूर्ख राजा! क्या तुम जानते नहीं कि मैं कितना शक्तिशाली हूँ? तीनों लोकों में कोई मुझे पराजित नहीं कर सकता। तुम मुझसे कभी नहीं जीत सकते।"

"तुम बहुत क्रूर हो रावण, और जब मैं यहाँ अपनी अंतिम साँसें ले रहा हूँ, मैं तुम्हें अपने पूरे हृदय से शाप देता हूँ कि यदि मैं एक सत्यनिष्ठ और न्यायप्रिय राजा हूँ तो देवतागण सुनिश्चित करेंगे कि मेरे वंश का ही एक वंशज तुम्हारी मृत्यु का कारण बनेगा।"

यह शाप श्रीराम के जन्म के साथ फलीभूत होने वाला था। यह दूसरा शाप था।

एक दिन जब रावण पुष्पक विमान में कहीं जा रहा था, उसने एक अत्यधिक सुंदर स्त्री को तपस्या करते देखा। रावण, स्त्री का सौंदर्य जिसकी कमजोरी थी, ने अपना वाहन नीचे उतारा और स्त्री के पास गया। वह उसका ध्यान समाप्त होने तक प्रतीक्षा नहीं करना चाहता था, इसलिए उसने उच्च स्वर में पूछा, "तुम कौन हो, सुंदरी? मैं लंका-नरेश रावण हूँ। मैं तुमसे विवाह करके तुम्हें लंका में अपने महल में ले जाना चाहता हूँ।"

स्त्री ने धीरे से अपनी आँखें खोलीं, "मैं वेदवती हूँ, देवताओं के गुरु ऋषि बृहस्पति की पौत्री। मुझे तुम्हारे प्रस्ताव में कोई रुचि नहीं है। मुझे अकेली छोड़ दें।"

रावण टस–से–मस नहीं हुआ। वह हठ करता रहा, जब तक कि वेदवती प्रत्यक्ष रूप से क्रोधित नहीं हो गई। उसने रावण को शाप दे दिया, "चूँकि तुम मेरे शब्दों का सम्मान करने से निरंतर मना कर रहे हो, अत: मैं सुनिश्चित करूँगी कि अपने अगले जन्म में मैं तुम्हारी मृत्यु का कारण बनूँ।" इतना कहकर वेदवती अंतर्धान हो गई। अगले जन्म में वह सीता के रूप में जन्म लेने वाली थी।

यह तीसरा शाप था।

समय बीता और रावण ने मंदोदरी से विवाह कर लिया, ज़ो मयासुर और हेमा नाम की एक दिव्य नर्तकी की पुत्री थी। माना जाता है कि रावण ने 'चतुरंग' नामक एक खेल भी बनाया था, जिसे शतरंज के पूर्वज के रूप में जाना जाता है और मंदोदरी को उसे खेलना सिखाया था।

मंदोदरी एक पवित्र स्त्री थी। वह अपने पति की बुराइयों से अवगत थी, किंतु उससे बहुत प्रेम करती थी और उसकी आत्मा के लिए प्रार्थना करती थी। मंदोदरी ने रावण के तीन पुत्रों को जन्म दिया, जिनमें से पहला मेघनाद नामक पुत्र था। उसका यह नाम इसलिए रखा गया था, क्योंकि उसके जन्म के समय आकाश में असाधारण गर्जना हुई थी—लगभग ऐसे, जैसे बादल आपस में टकरा रहे हों। मेघनाद बड़ा होकर इतना उत्कृष्ट योद्धा बना कि देवताओं के राजा इंद्र उसकी ताकत से डरने लगे। मेघनाद ने अपने पिता से मायावी विद्या (भ्रम का जादू) सीखी। समय के साथ मेघनाद ने इंद्रलोक पर चढ़ाई की, गायब होने की विद्या का इस्तेमाल किया और इंद्र को हरा दिया। इस प्रकार उसने इंद्रजित् (इंद्र का विजेता) नाम अर्जित किया। बाद में उसने इसी विद्या का इस्तेमाल राम और लक्ष्मण के साथ अपने युद्ध के दौरान भी किया।

एक दिन रावण स्वर्ग में गया और वहाँ सुंदर दैवी नर्तकी रंभा से मिला। रंभा रावण के भतीजे और कुबेर के पुत्र नलकुबेर से प्रेम करती थी। रावण यह बात जानता था, फिर भी उसने रंभा को अपने साथ ले जाने का प्रयास किया।

तभी नलकुबेर वहाँ पहुँच गया और उसने रावण को शाप दिया, "आज से यदि आप किसी भी ऐसी स्त्री से विवाह करने का हठ करेंगे, जो आपसे प्रेम नहीं करती या आपका ध्यान नहीं चाहती, तो आप तत्काल मृत्यु को प्राप्त हो जाएँगे।"

यह चौथा शाप था।

रावण के अपार ज्ञान और विशेषज्ञता के बावजूद नारियों के लिए उसकी कमजोरी आगे जाकर उसका सर्वनाश करने वाली थी।

रावण का पतन

राजा रावण ने अपने हिंसात्मक आचरण और साम्राज्यों पर विजय प्राप्त करने की, लोगों की हत्या करने की, राजाओं को बंदी बनाने और सुंदर महिलाओं को उठा ले जाने की अपनी यात्रा जारी रखी।

जब रावण माहिषमती नगर पहुँचा तो वह सीधे राजा के महल की ओर बढ़ गया। राज्य के शासक राजा अर्जुन (या कार्तवीर्य अर्जुन) के पास हजार भुजाएँ थीं और उन्हें आग के देवता अग्नि की सुरक्षा का वरदान प्राप्त था।

राजा हालाँकि अपने निवास में नहीं थे, रावण अधीरता से गरजा, "राजा कहाँ है ? मैं उससे आत्मसमर्पण करवाने आया हूँ।"

कार्तवीर्य अर्जुन नर्मदा नदी में अपनी पत्नियों के साथ स्नान के लिए गए थे। मंत्रियों को यह बात पता थी, किंतु किसी ने कुछ नहीं कहा। एक चतुर मंत्री ने उत्तर दिया, "राजा महल से दूर गए हैं, किंतु उन्होंने हमें बताया नहीं है कि वे कहाँ गए हैं।"

रावण पुष्पक विमान में यात्रा कर रहा था और आसानी से आकाश से अपने लक्ष्य का पता लगा सकता था। उसने कार्तवीर्य अर्जुन को ढूँढ़ने का सोचा, किंतु पहले शिवजी की स्तुति करने और उनसे आशीर्वाद लेने का निर्णय लिया। सो वह नर्मदा नदी पर गया, एक एकांत स्थान ढूँढ़ा और स्नान किया। फिर वह बाहर आया, रेत से एक शिवलिंग बनाया और स्तुति शुरू कर दी।

स्तुति करते समय नदी से पानी की बौछार आई और शिवलिंग बह गया। रावण नदी पर क्रोधित हो गया, "नदी का साहस कैसे हुआ मेरी स्तुति में विघ्न डालने के लिए पानी भेजने का ?"

खिन्न होकर उसने अपनी स्तुति त्याग दी और अपने सेवकों को यह पता लगाने के लिए भेजा कि पानी की बौछार कहाँ से आई थी। उन्होंने वापस आकर

उसे सूचित किया, "श्रीमान, एक हजार भुजाओंवाले एक मनुष्य ने नदी के चारों ओर अपनी बाँहों को फैला दिया है—लगभग एक बाँध की तरह। उसका परिवार पानी में क्रीड़ा कर रहा है।"

रावण तुरंत समझ गया कि वह मनुष्य कार्तवीर्य अर्जुन के अलावा कोई नहीं हो सकता था। उसने अपने मंत्रियों को राजा के पास भेजा, जिन्होंने राजा से कहा, "लंका के राजा रावण यहाँ आए हैं और वे नदी के तट पर शिवजी की आराधना कर रहे थे, जिसमें आपने बाधा डाल दी है। अब आप युद्ध के लिए तैयार हो जाइए।"

"कृपया अपने राजा से कहें कि मैं अत्यंत क्षमाप्रार्थी हूँ।" कार्तवीर्य अर्जुन ने उत्तर दिया, "मुझे ज्ञात नहीं था कि वे प्रवाह की ओर पूजा कर रहे थे। लेकिन अभी मैं अपने परिवार के साथ हूँ और सूर्यास्त का समय हो रहा है। इसलिए अगर युद्ध होना है तो कल से होने दें।"

किंतु रावण अगले दिन तक प्रतीक्षा करने के लिए तैयार नहीं हुआ।

"क्षमा करें, लंका-नरेश रावण आपकी सुविधा पर आधारित समय की प्रतीक्षा नहीं कर सकते।" संदेशवाहक ने अर्जुन को सूचित किया।

और इस प्रकार युद्ध आरंभ हो गया।

दोनों पक्ष लगभग समान रूप से मजबूत थे। रावण ने वीरतापूर्वक और अपनी पूरी शक्ति के साथ युद्ध किया। वहीं अर्जुन ने अपनी बाँहों को एक ऑक्टोपस की तरह मोड़ा और रावण को उनके बीच कैद कर लिया। उसने रावण को हरा दिया और एक कैदी के रूप में अपने राज्य में ले आया।

अपनी पहली पराजय से रावण को गंभीर झटका लगा।

कार्तवीर्य अर्जुन ने उससे कहा, "हे रावण! आप अकेले नहीं हैं, जो एक के बाद एक साम्राज्य जीतते रहने की शक्ति रखते हैं। अब, जबकि आपको मेरी शक्ति का अनुमान हो गया है, तो आपको यह भी समझना चाहिए कि मुझे लोगों की हत्या करने या अन्य साम्राज्यों पर अधिकार करने में रुचि नहीं है। मैं केवल आपको एक सबक सिखाना चाहता था। यदि आप वास्तव में युद्ध का सही अर्थ समझना चाहते हैं तो मैं आग्रह करता हूँ कि आप मेरे गुरु बालि से मिलें, जो किष्किंधा राज्य पर शासन करते हैं।"

ठीक उसी समय रावण के पितामह ऋषि पुलस्त्य कार्तवीर्य अर्जुन से मिलने माहिष्मति आए। पुलस्त्य प्रतिष्ठावाले एक महान् विद्वान् थे और वे जहाँ भी जाते थे, उनका सम्मान होता था।

राजा अर्जुन ने उनसे विनम्रता से पूछा, "हे ऋषिवर! मैं आपके लिए क्या कर सकता हूँ?"

"अर्जुन, कृपा कर मेरे पौत्र रावण को मुक्त कर दो।" ऋषि ने कहा, "यदि उसे अपने भाग्य का लिखा पूरा करना है तो अभी बहुत से कार्य शेष हैं।"

अपने पितामह को इस प्रकार निवेदन करते देख रावण बहुत लज्जित हो गया।

कार्तवीर्य अर्जुन ने रावण को मुक्त कर दिया और उसे राजकीय उपहार भी दिए। "आप एक महान् विद्वान् हैं और संभवत: भगवान् शिव के सबसे बड़े भक्त भी हैं। कृपया अपनी शक्ति और सामर्थ्य का उपयोग सांसारिक और महत्त्वहीन लक्ष्यों के लिए न करें। यह न भूलें कि आप भी एक ऋषि के गौरवशाली वंश से हैं। आइए, हम अतीत को पीछे छोड़कर मित्र बन जाते हैं।"

एक अंधी मान्यता है, जब भी किसी व्यक्ति की कोई वस्तु खो जाती है तो उसे कार्तवीर्य अर्जुन से प्रार्थना करनी चाहिए। अपने एक सहस्र हाथों से वे उस वस्तु को खोजेंगे और सुनिश्चित करेंगे कि वह आपको मिल जाए।

रावण को अपनी स्वतंत्रता वापस मिल गई थी, किंतु वह प्रसन्न नहीं था। दिन बीतने के साथ उस पर साहसी और शक्तिशाली बालि का जुनून सवार हो गया।

बहुत सोच-विचार और योजना के बाद रावण ने बालि के साथ युद्ध करने का निर्णय लिया। वह आश्वस्त था कि वह वानर राजा के विरुद्ध विजय प्राप्त कर लेगा। उसकी यह जीत संसार को उसकी शक्ति दिखा देगी। सो रावण बालि की तलाश में निकल गया।

उसने बालि को समुद्र में खड़ा पाया। वह सूर्यदेव की संध्या प्रार्थना कर रहे थे। रावण ने पीछे से बालि पर आक्रमण किया, किंतु बालि की पूँछ रावण के चारों ओर कसकर लिपट गई और वानर राज ने प्रार्थना में खोए हुए उसे पूरे संसार का चक्कर लगवा दिया।

पराजित रावण ने संधि का प्रस्ताव रखा और बालि को वचन दिया कि वह उसके साथ कभी नहीं लड़ेगा।

यह रावण की दूसरी पराजय थी।

रावण शीघ्र ही अपने पुराने रवैए पर लौट गया। समय बीतने के साथ उसने सीता का अपहरण करने की योजना बनाई। उसने अपनी योजना के बारे में अपने मामा मारीच से बात की और उससे सहायता माँगी। हालाँकि मारीच ने अपने भानजे को चेतावनी दी, "हे राजन्! लगभग वह सभी लोग, जिनके संपर्क में आप आएँगे, आपसे वही कहेंगे, जो आप सुनना चाहते हैं। ऐसा केवल उस स्थिति के कारण है, जिसमें आप हैं। ऐसे लोग दुर्लभता से मिलेंगे, जो आपको सही सुझाव देंगे—ऐसे सुझाव, जो आपके कानों को सदैव सुखद नहीं लगेंगे, किंतु जिस प्रकार दवाएँ कड़वी होती हैं, ऐसे शब्द आपके स्वास्थ्य के लिए अच्छे होंगे। श्रीराम एक महान् योद्धा हैं और चाहे आपकी इच्छा कितनी ही प्रबल क्यों न हो, आपको उनकी पत्नी का हरण नहीं करना चाहिए। यह धर्म के विरुद्ध है। यह आपका राजोचित कर्तव्य है कि आप अपनी प्रजा के लिए एक आदर्श बनकर रहें और सदैव धर्म का पालन करें।"

रावण ने अपने मामा मारीच की बात नहीं सुनी और उसे एक स्वर्ण मृग का रूप धरने के लिए विवश कर दिया, ताकि स्वर्ण मृग राम को शिकार के लिए अपने पीछे ले जाए और इस प्रकार वे अपनी पत्नी से दूर चले जाएँ।

"मेरी मृत्यु निश्चित है।" मारीच ने हिरण का रूप लेने से पहले उदास स्वर में कहा, "मैं या तो आपके द्वारा मारा जाऊँगा या प्रभु श्रीराम के द्वारा और यदि मेरे पास चुनाव करने का विकल्प है तो मैं श्रीराम के बाणों से मृत्यु पाना चाहूँगा।"

जब रावण सीता का अपहरण करके लंका पहुँचा तो उसके छोटे भाई विभीषण ने चेतावनी दी, "महाराज, श्रीराम को क्रोधित न करें। सीता को उनकी इच्छा के बिना यहाँ रखना आपके लिए उचित नहीं है।"

किंतु अहंकारी रावण ने चेतावनी पर ध्यान नहीं दिया।

लंकिनी, वह शक्तिशाली राक्षसी, जो लंका नगरी की रक्षा करती थी, को ब्रह्मा ने चेतावनी दी थी कि लंका का पतन उस दिन से शुरू हो जाएगा, जब वह

एक वानर द्वारा पराजित होगी। जब हनुमान उसके साथ लड़ाई में विजयी हुए तो वह तुरंत समझ गई कि आगे क्या होने वाला है और रावण को सूचित करने के लिए पहुँच गई, "महाराज, इस घटना को अनदेखा न करें, अन्यथा हमारे राज्य का पतन हो जाएगा। कृपया सीता को छोड़ दें और उसे उसके पति के पास लौट जाने दें।"

परिवार में भी शुभचिंतकों ने रावण को सलाह दी, किंतु उसका कोई लाभ नहीं हुआ। कुंभकर्ण ने भी अपने भाई को सलाह दी कि वह सीता को वापस कर दे, किंतु रावण ने उसे राम से लड़ने का आदेश दिया।

जब कुंभकर्ण युद्ध के मैदान में पहुँचा तो उसने घोषणा की, "मैं सबसे पहले यहाँ ऐसे व्यक्ति से लड़ने आया हूँ, जिसने पिछले चौदह वर्षों से भोजन और नींद की परवाह नहीं की है।"

"यह किसकी बात कर रहा है?" सभी को आश्चर्य हुआ।

तभी श्रीराम आगे बढ़े। उन्होंने कहा, "आप मेरे भाई लक्ष्मण के बारे में बात कर रहे हैं। मेरी सेवा में उसने न तो रात में गहरी नींद ली है, न ही उसे भोजन की इच्छा होती है।"

इस प्रकार कुंभकर्ण और लक्ष्मण के बीच युद्ध शुरू हुआ, जिसका अंत लक्ष्मण पर लगभग एक घातक हमले के साथ हुआ। तब श्रीराम ने शक्तिशाली कुंभकर्ण से युद्ध किया और उसका वध कर डाला।

हालाँकि रावण आश्वस्त था कि उसे पराजित करना असंभव था। केवल कुछ लोगों को पता था कि रावण की मृत्यु का रहस्य उसकी नाभि में स्थित अमृत में था, जो कटे हुए सिर के पुनर्जनन का कारण था।

अंत में, विभीषण ने स्वेच्छा से श्रीराम को यह जानकारी दी और रावण के अंत पर मुहर लगा दी।

देवता से चतुराई नहीं करनी चाहिए

लंका का राजा रावण भगवान् शिव का अनन्य भक्त था। उसकी माँ कैकसी भी शिवजी की भक्त थीं और उन्होंने ही अपने पुत्र में शिव-भक्ति के बीज बोए थे।

एक दिन रावण ने कैलास पर्वत पर जाकर भगवान् शिव को प्रसन्न करने के लिए तपस्या करने का निर्णय लिया। जाने से पहले वह अपनी माँ से मिला, जिन्होंने उसे सलाह दी, "हे पुत्र! भगवान् से भौतिक वस्तुओं की माँग मत करना। इसकी बजाय उनसे दैवी आत्मलिंग माँगना, जो अमरत्व और महान् शक्ति का स्रोत है।"

रावण समझ गया और उसने अपनी तपस्या आरंभ कर दी। उसे अपने आप पर और अपनी भक्ति पर बहुत भरोसा था। गहरे ध्यान और कठोर तपस्या में कई वर्ष बीत गए, किंतु भगवान् शिव प्रकट नहीं हुए। तब रावण ने एक नई ऊर्जा के साथ एक और तपस्या शुरू कर दी।

भगवान् विष्णु, जो घटनाक्रम पर दृष्टि रख रहे थे, रावण की आत्मलिंग प्राप्त करने की इच्छा से अवगत थे। वह लिंग रावण के पास होने के विचार के विरुद्ध थे। रावण एक असुर था और एक बार लिंग प्राप्त करने के बाद देवताओं का विनाश कर सकता था। उन्होंने मन में सोचा, "जब भी भगवान् शिव प्रकट होंगे, मैं रावण के मस्तिष्क में प्रवेश करके उसे प्रभावित करूँगा।"

अंततः भगवान् शिव ने स्वयं को प्रकट कर दिया। जब रावण ने भगवान् को देखा तो बोला, "हे प्रभु! मैं आपकी प्रतीक्षा कर रहा था। यदि आप अभी भी नहीं आए होते तो मैं कैलास पर्वत को उठाकर लंका में अपने घर ले जाता।"

"क्या यह इतना आसान है, रावण?" शिव ने मुसकराकर पूछा।

"यह मेरे लिए कठिन नहीं है। मैं रावण हूँ और मेरे पास बीस भुजाओं तथा दस सिरों की शक्ति है। मैं कुछ भी प्राप्त कर सकता हूँ।" रावण ने डींग मारी।

"यदि ऐसा है तो मैं कैलास पर्वत पर बैठ जाता हूँ और तुम मुझे अपने निवास पर ले चलो।" भगवान् शिव ने कहा।

रावण ने कैलास पर्वत के नीचे अपनी हथेली रखी और उसे उठाने के लिए तैयार हो गया। भगवान् शिव ने केवल अपने पैर की छोटी उँगली भूमि पर रख दी। इतना पर्याप्त था। रावण की उँगलियाँ कैलास पर्वत के नीचे फँस गईं। उसने उन्हें खींचकर निकालने का बहुत प्रयास किया, किंतु नहीं निकाल पाया। शिव की महानता का एहसास होने पर रावण ने क्षमा माँगने के लिए उनकी प्रार्थना की। वह स्तुति आज 'शिव तांडव स्तोत्रम्' के नाम से जानी जाती है।

दयालु शिवजी ने अपने पैर की उँगली हटा ली, ताकि रावण अपनी उँगलियाँ निकाल सके। रावण की स्तुतियों से प्रसन्न होकर शिवजी ने कहा, "तुम मेरे इतने बड़े भक्त हो कि मैं तुम्हें कोई वरदान देने से मना नहीं कर सकता। बताओ, तुम्हें क्या चाहिए?"

रावण बहुमूल्य आत्मलिंग माँगने ही वाला था, जब विष्णु ने अपनी चाल चलने के लिए उसके मस्तिष्क में प्रवेश कर लिया और तब आत्मलिंग माँगने के बजाय रावण ने देवी पार्वती की ओर देखा और कहा, "मुझे...पार्वती चाहिए।"

विष्णु बहुत प्रसन्न थे। वे जानते थे कि रावण को पार्वती कभी नहीं मिलेगी और उसे शिव की प्रिय पत्नी को माँगने का परिणाम भुगतना पड़ेगा।

देवी पार्वती रावण की धृष्टता से परेशान हो गईं। किंतु भगवान् शिव ने मुसकराकर कहा, "यदि तुम इसे ले जा सकते हो तो अवश्य ले जाओ। तुम्हें मेरी अनुमति है।"

पार्वती अपने पति पर क्रोधित हो गईं। "आप मुझे वरदान में कैसे दे सकते हैं? मैं पूरे संसार की जननी और आपकी पत्नी हूँ। आप स्वयं को मुझसे अलग कैसे कर सकते हैं? आप अर्धनारीश्वर हैं। आपके शरीर का आधा हिस्सा मैं हूँ।"

"हे देवी पार्वती!" शिवजी ने आनंदित स्वर में कहा, "आप तो जानती हैं कि आपको क्या करना है। चिंतित न हों, मैं आप से शीघ्र ही मिलूँगा।"

कोई विकल्प न होने से पार्वतीजी रावण के पीछे चलने लगीं, जो इस विचार से उल्लसित था कि देवी उसके पीछे चल रही थीं।

वे लंका की ओर चल पड़े। कुछ देर बाद वह उन्हें देखने के लिए पीछे मुड़ा, किंतु वे नहीं थीं। आश्चर्यचकित होकर रावण ने देवी की खोज शुरू कर दी, यह सोचते हुए कि वे कहाँ गायब हो सकती थीं।

अपनी खोज के दौरान उसे ब्रह्मा के पुत्र और विष्णु के परम भक्त नारद मिले। अपनी अनूठी स्थिति के अनुरूप नारद के पास तीनों लोकों में यात्रा करने की क्षमता थी। अपने तंबूरे को हाथ में लिये 'नारायण, नारायण!' जपते हुए नारद एक दूत की भूमिका निभाते थे। वे अकसर राजाओं और देवों को, यहाँ तक कि असुरों को भी, परामर्श देते थे और कभी-कभी जानबूझकर गुमराह भी करते थे।

जब रावण ने नारद मुनि से पूछा कि क्या उन्होंने पार्वती को कहीं देखा है, तो मुनि ने उत्तर दिया, "जो आपके पीछे चल रही थीं, वे वैसे भी असली पार्वती नहीं थीं। असली पार्वती पाताल लोक में छिपी हुई हैं। आप उन्हें तुरंत पहचान लेंगे, क्योंकि वे संसार की सबसे सुंदर स्त्री हैं। आप शीघ्र वहाँ चले जाइए, इससे पहले कि वे शिवजी के पास वापस चली जाएँ।"

पाताल असुरों के महान् वास्तुकार मायासुर, उनकी सुंदर पत्नी हेमा और उनकी बेटी मंदोदरी का निवास-स्थान भी था। मंदोदरी की सुंदरता प्रसिद्ध और अद्वितीय थी। जब मायासुर ने वहाँ के राजा के लिए लंका नगर बनाया था तो मंदोदरी ने अकसर राजकीय उद्यानों में रावण को देखा था। समय के साथ वह उससे प्रेम करने लगी और उसने अपने पिता के सामने लंका के महान् राजा से विवाह करने की इच्छा व्यक्त की थी।

इस बीच रावण देवी पार्वती की खोज में पाताल गया; किंतु जब उसने मंदोदरी को देखा तो वह पूरी तरह से उसके प्रेम में पड़ गया। उसने सोचा, 'यही असली पार्वती होनी चाहिए।'

इस बीच रावण के भ्रम का लाभ उठाते हुए पार्वती वापस कैलास पर्वत पर चली गईं।

मुग्ध रावण ने मायासुर से अनुरोध किया, "मैं इस कन्या से विवाह करना चाहूँगा।"

मायासुर और हेमा प्रसन्नतापूर्वक सहमत हो गए। मायासुर ने कहा, "यह हमारी पुत्री है।" किंतु रावण मंदोदरी को निहारने में इतना व्यस्त था कि उसने मायासुर के शब्दों पर ध्यान नहीं दिया। सो इस प्रकार एक भव्य विवाह की व्यवस्था की गई और मंदोदरी एवं रावण का एक-दूसरे से विवाह हो गया।

कुछ समय बाद रावण अपनी नई दुलहन के साथ लंका लौट आया और अपनी माँ से उसका परिचय पार्वती के रूप में करवाया। जब कैकसी ने मंदोदरी को देखा तो उसने तुरंत उसे मायासुर की पुत्री के रूप में पहचान लिया।

"पुत्र, यह पार्वती नहीं है। यह कन्या महान् वास्तुकार मायासुर की पुत्री मंदोदरी है। यह तुमने क्या कर दिया?"

एक पल में विष्णु का भ्रम अपने निष्कर्ष पर पहुँच गया और रावण को स्पष्टता के साथ अपना लक्ष्य याद आ गया। वह समझ गया कि कैसे उसे दो बार ठगा गया था—एक बार विष्णु द्वारा और दूसरी बार नारद द्वारा।

उसकी माँ ने उसे शांत किया और कहा, "यह तुम्हारी भूल थी, पुत्र। तुम पार्वती को कैसे माँग सकते थे? तुम्हें हो क्या गया था?"

"वैसे भी मुझे मंदोदरी पसंद है। वह तुम्हारे लिए एक अच्छी पत्नी सिद्ध होगी। अब, वापस जाओ और पुनः तपस्या करो। इस बार कोई भूल मत करना।"

सो रावण ने अपनी नई दुलहन के साथ लंका में कुछ समय बिताया, जो उसे बहुत अच्छी लगने लगी और फिर एक और तपस्या शुरू कर दी, इस निश्चय के साथ कि इस बार वह धोखा नहीं खाएगा।

जैसे ही भगवान् शिव प्रार्थना कर रहे रावण के सामने प्रकट होने वाले थे, पार्वती ने शिवजी से कहा, "कृपया बुद्धि से काम लें; उसे बिना शर्त वरदान न दें, ताकि वह आपसे ऐसा कुछ न माँग सके, जो तीनों लोकों में विनाश का कारण बन जाए।"

एक बार फिर शिव अपने भक्त के सामने प्रकट हुए और कहा, "मैं तुम्हारी भक्ति से प्रसन्न हूँ, रावण। तुम क्या वरदान चाहते हो?"

इस बार रावण सतर्क और तैयार था। उसने कहा, "हे प्रभु! मुझे आत्मलिंग दे दीजिए।"

भगवान् शिव सकते में आ गए। उन्होंने इसकी अपेक्षा नहीं की थी। किंतु वे वचन दे चुके थे, इसलिए उन्होंने आत्मलिंग रावण को सौंप दिया, पर इस शर्त के साथ कि लिंग को भूमि पर कभी नहीं रखा जाएगा। यदि ऐसा हुआ तो लिंग सदा के लिए वहीं रह जाएगा।

रावण ने आत्मलिंग स्वीकार किया और शिवजी को धन्यवाद देकर चला गया।

आत्मलिंग के नए स्वामी के बारे में तीनों लोकों में तेजी से सूचना फैल गई। यह चिंता का विषय था और देवता चिंतित हो गए। रावण जैसा शक्तिशाली असुर निश्चित रूप से आत्मलिंग का दुरुपयोग करेगा।

देवतागण गणेशजी के पास गए और बोले, "कृपया हमारी सहायता करें। यदि आत्मलिंग रावण के पास रहा तो हम जीवित नहीं बचेंगे।"

"चिंता मत करो, मित्रो! मैं उसे आपके लिए वापस ले आऊँगा।" गणेशजी ने वचन दिया।

गणेशजी जानते थे कि रावण चाहे जहाँ रहे, हर संध्या सूर्य देवता की पूजा अवश्य करता था। जैसे ही रावण की पूजा का समय हुआ, गणेशजी ने एक युवा चरवाहे का रूप धारण किया और घूमते हुए रावण के पास चले गए।

बालक को यूँ ही घूमते हुए देख रावण ने उससे कहा, "यहाँ आओ बालक! क्या तुम मेरे पूजा कर लेने तक इसे मेरे लिए पकड़ोगे? मैं तुम्हें बहुत सारा धन दूँगा। किंतु तुम इसे नीचे बिल्कुल मत रखना।"

रावण ने उसे आत्मलिंग दिखाया। गणेशजी मुसकराए और सहमत हो गए। उन्होंने कहा, "मैं इसे थोड़ी देर तक पकड़ सकता हूँ, क्योंकि मुझे अपनी गायों पर भी दृष्टि रखनी है। यदि आपने बहुत अधिक समय लिया तो मैं इसे नीचे रखकर अपनी गायों को देखने चला जाऊँगा।"

रावण ने कहा, "मुझे अधिक समय नहीं लगेगा। चिंता न करो।" यह कहकर रावण नदी के जल में उतर गया और अपनी संध्या की पूजा आरंभ कर दी।

कुछ समय बाद गणेशजी ने उच्च स्वर से कहा, "महोदय!"

रावण ने उत्तर दिया, "बस, एक क्षण रुको।"

कुछ मिनटों के बाद गणेशजी ने उसे फिर से पुकारा।

"महोदय, मैं इसे और देर तक नहीं पकड़ सकता। अब मुझे जाना चाहिए।"

रावण अपनी पूजा छोड़कर उस बालक की ओर भागा; किंतु इससे पहले कि वह उसके पास पहुँचकर उसके हाथ से आत्मलिंग ले पाता, उस किशोर ने आत्मलिंग को भूमि पर रखा और शीघ्रता से चला गया।

रावण क्रोध से भर गया। वह उस लड़के को दंडित करना चाहता था और उसके लिए उसने चारों ओर देखा; लेकिन लड़का अपनी गायों के साथ गायब हो चुका था।

रावण आत्मलिंग की ओर मुड़ा और अपना संपूर्ण क्रोध एवं ऊर्जा उसे उठाने की ओर केंद्रित कर दी; किंतु कोई लाभ नहीं हुआ। कुछ देर के बाद रावण के खींचने और छेड़छाड़ करने के कारण लिंग ने आकार बदल लिया और गाय के कान की तरह दिखने लगा।

दु:खी होकर रावण ने हार मान ली और उस युवा चरवाहे को कोसते हुए लंका लौट गया, बिना कभी यह जाने कि वे गणेश भगवान् थे।

आत्मलिंग पृथ्वी पर उत्तरी कर्नाटक में पवित्र शहर गोकर्ण (जिसका अर्थ ही 'गाय का कान' है) में रह गया और आज गणेशजी की एक छोटी सी मूर्ति लिंग के बगल में उस स्थान पर स्थापित है, जहाँ माना जाता है कि भगवान् रावण से मिले थे।

□

हनुमान

भाइयों का शत्रुओं में बदलना

किष्किंधा राज्य तुंगभद्रा नदी के तट पर बसा था और उसमें कई पर्वत थे। उस राज्य पर वानरराज बालि अपने भाई सुग्रीव के साथ शासन करते थे।

एक दिन एक राक्षस, मायावी, राज्य के द्वार पर आया और बालि को युद्ध की चुनौती दी। बालि ने चुनौती स्वीकार कर ली और उससे लड़ने के लिए तैयार हो गए। शीघ्र ही युद्ध आरंभ हुआ और सुग्रीव युद्ध के साक्षी बने। युद्ध चलता रहा, तभी मायावी एक गुफा में प्रवेश कर गया और शीघ्रता में बालि भी उसके पीछे चले गए। गुफा में प्रवेश करने से पहले बालि ने सुग्रीव से उनकी प्रतीक्षा करने के लिए कहा और अकेले ही अंदर चले गए।

छह माह बीत गए और बालि गुफा से बाहर नहीं आए। अंत में सुग्रीव ने चीखने की आवाज सुनी और गुफा में से रक्त बहकर आते देखा। उन्होंने निष्कर्ष निकाला कि उनके भाई बालि युद्ध में मारे गए। भारी मन के साथ सुग्रीव ने एक शिला को लुढ़काकर गुफा का मुँह बंद कर दिया, ताकि राक्षस उसमें से निकल न पाए।

किष्किंधा अब बिना राजा के रह गई थी, अत: सुग्रीव ने शासन अपने हाथ में ले लिया और कार्यकारी राजा बन गए।

एक दिन अप्रत्याशित रूप से बालि ने राज्य में प्रवेश किया—जीवित और स्वस्थ। जब उन्होंने सुग्रीव को देखा तो वे उस पर क्रोधित हो गए, "तुम्हारा राज्य पर शासन करने का साहस कैसे हुआ और तुमने गुफा का मुँह क्यों बंद किया, जब मैंने तुमसे मेरी प्रतीक्षा करने के लिए कहा था?"

सुग्रीव ने हाथ जोड़कर उत्तर दिया, "मेरे प्रिय भ्राता, मैंने भयानक चीखें सुनी थीं और गुफा के पास भूमि पर बहुत सारा रक्त देखा था। तब मैंने मान लिया कि मायावी राक्षस ने आपकी हत्या कर दी थी और राज्य की प्रजा को बचाने की इच्छा रखते हुए मैंने गुफा का मुँह बंद कर दिया था। मैं मात्र एक कार्यवाहक शासक हूँ और आपकी अनुपस्थिति में राज्य को सँभाल रहा था। कृपया मुझे क्षमा कर दें और अपना राज्य वापस ले लें।"

किंतु बालि उसकी बात सुनने या उसे क्षमा करने की मनोदशा में नहीं थे।

"क्या तुम्हें लगता है कि मैं एक साधारण से राक्षस के हाथों इतनी आसानी से मर सकता हूँ? क्या तुम वरदानों से और मेरी शक्ति से अवगत नहीं हो? तुम्हारे कार्यों से योजना और षड्यंत्र की बू आ रही है। तुम कभी चाहते ही नहीं थे कि मैं बाहर आऊँ और तुमने यह सुनिश्चित करने का पूरा प्रयास किया कि मैं गुफा में फँसा रहूँ। तुम्हारी सदा से मेरी सुंदर पत्नी तारा पर दृष्टि रही है। चलो, स्वीकार करो कि यह सब सच है।"

सुग्रीव के उत्तरों ने बालि को संतुष्ट नहीं किया और वह अपने भाई पर चिल्लाने लगे, "इस राज्य को छोड़कर चले जाओ! तत्काल। यदि तुम मेरी भूमि में प्रवेश करोगे तो मैं तुम्हें मार दूँगा। बदले की एक काररवाई के रूप में मैं तुम्हारी पत्नी रूमा को यहीं रोक लूँगा। वह तुम्हारे साथ नहीं जाएगी।"

कोई विकल्प न होने से सुग्रीव राज्य से निकल गए।

ऋषि मातंग ऋष्यमूक पर्वत पर रहते थे। जैसे-जैसे बालि शक्तिशाली होते गए, उनका अहंकार भी बढ़ता गया और जो मातंग से मिले शाप का कारण बना, जिन्होंने कहा, "हे बालि! तुम्हारा गर्व चरम पर है और तुम अपनी त्रुटियों के प्रति अंधे हो गए हो। यदि तुम किष्किंधा राज्य में प्रवेश करोगे तो तत्काल मृत्यु को प्राप्त हो जाओगे।"

इसलिए बालि किष्किंधा से दूर रहे। सुग्रीव ने इसका लाभ उठाया और शासन करने के लिए राज्य में वापस लौट आए। किंतु वह जानते थे कि उन्हें किसी भी कीमत पर राज्य की सीमाओं को पार नहीं करना चाहिए।

फिर भी, बालि अत्यंत शक्तिशाली बने रहे। उनके पास भगवान् सूर्य की, जो पूर्व से पश्चिम में जाते थे, अपनी दैनिक पूजा करने के लिए, सभी दिशाओं

में यात्रा करने की क्षमता थी और एक विशेष वरदान भी था, जिससे वे युद्ध के दौरान अकेले किसी से लड़ते समय अपने प्रतिद्वंद्वी के बल का आधा हिस्सा प्राप्त कर सकते थे। इस वरदान ने उन्हें लगभग अपराजित बना दिया था; किंतु वे अपने राज्य के हाथ से चले जाने से अप्रसन्न बने रहे।

किष्किंधा को आज उत्तरी कर्नाटक में हंपी के विरासत स्थल के रूप में मान्यता दी गई है। यही वह राज्य है, जिसने विजयनगर के महान् साम्राज्य को जन्म दिया।

एक महान् उद्देश्य

भगवान् शिव और देवी पार्वती लंबे समय से आनंदपूर्वक एक साथ रह रहे थे। एक दिन पार्वतीजी को महसूस हुआ कि उनके गर्भ में एक शिशु है। समय बीतने के साथ वे निश्चित हो गईं कि जन्म लेनेवाला शिशु असाधारण था। सो वे अपने पति से बोलीं, "मुझे अनुभव हो रहा है कि मेरे शरीर के भीतर शिशु ऊर्जा से भर रहा है और मैं उसे अधिक समय तक अपने भीतर नहीं रख सकती। बताइए, मुझे क्या करना चाहिए?"

"आप उस ऊर्जा और शिशु को माता पृथ्वी को क्यों नहीं सौंप देतीं?" भगवान् शिव ने सुझाव दिया, "आखिर वह धैर्य व दृढ़ता की प्रतीक हैं और किसी भी वस्तु को थाम सकती हैं।"

अत: पार्वती ने अपनी नाभि के माध्यम से वह शिशु माता पृथ्वी को स्थानांतरित कर दिया। आश्चर्यजनक रूप से पृथ्वी को भी उस शिशु को गर्भ में रखने में कठिनाई हो रही थी। जब वे उसे सँभालने के लिए संघर्ष कर रही थीं तो वायु देवता उनसे मिलने आए और उनकी स्थिति देखी।

उन्होंने कहा, "कृपया आप चिंता न करें। मेरे पास एक समाधान है। वानरों की रानी अंजना देवी, जिनका विवाह राजा केसरी से हुआ है, एक शिशु के लिए व्याकुल हैं और शिवजी की महान् भक्त हैं। कई वर्षों से वे माँ बनने के लिए तपस्या कर रही हैं, और यह शिशु तो शिवजी का ही है। मैं इस शिशु को अंजना के गर्भ में पहुँचा दूँगा। उनकी तपस्या का इससे अच्छा पुरस्कार क्या होगा!"

इस प्रकार, वह अजन्मा शिशु वायुदेव की सहायता से अंजना के गर्भ में स्थानांतरित हो गया। सही समय पर एक बालक का जन्म हुआ, जिसका नाम 'आंजनेय' रखा गया।

बालक आंजनेय जब बहुत छोटा था, तब भी हर प्रकार से असाधारण था, मानसिक रूप से चुस्त और शरीर से बहुत शक्तिशाली था। उसके पास भगवान् शिव, वायुदेव और राजा केसरी का आशीर्वाद व संरक्षण था। उसे कोई छू भी नहीं सकता था।

एक दिन आंजनेय ने आकाश में सूर्य को चमकते देखा, जो एक रस भरे पीले आम की तरह लग रहा था। चूँकि वह भूखा था, अतः आकाश की ओर उड़ चला और सूर्य देव का पीछा करने लगा, जो भागकर सीधे इंद्र के पास चले गए। सूर्यदेव ने देवराज इंद्र से शिकायत की कि वह युवा वानर राजकुमार के कारण संकट में थे।

इंद्र आंजनेय के कृत्य से क्षुब्ध हो गए। उन्होंने अपना शक्तिशाली हथियार वज्रायुध लिया और आंजनेय के गाल पर जड़ दिया। आंजनेय का चेहरा और ठोड़ी आकार बदलने लगे और वह आकाश से नीचे गिरने लगा। जब वायुदेव ने यह देखा तो वे व्याकुल हो गए।

"देवराज इंद्र का इस बालक को मारने का साहस कैसे हुआ, जिसे मैं माँ पृथ्वी से अंजना के गर्भ में लाया था? यह बच्चा बहुमूल्य है और शिवजी का प्रतिबिंब है!"

विक्षुब्ध होकर वायुदेव पृथ्वी छाड़कर चले गए और लोग वायु के बिना मरने लगे। संसार स्थिर हो गया।

सबने इंद्र से अनुरोध किया कि वे वायुदेव से क्षमा माँग लें और आंजनेय को आशीर्वाद प्रदान करें।

इंद्र ने मानव जाति के लिए संकट देखा और वायुदेव से क्षमा माँग ली। वायुदेव प्रसन्नतापूर्वक पृथ्वी पर वापस लौट आए।

उस दिन से आंजनेय को हनुमान या 'प्रमुख ठोड़ीवाला' कहा जाने लगा। उनके कई अन्य नाम भी हैं, जैसे—मारुति, केसरीनंदन और बजरंग बली (अति शक्तिशाली)।

सभी देवताओं ने वायुदेव को बालक की सहायता करने का वचन दिया और प्रत्येक ने युवा राजकुमार को एक-एक वरदान भी दिया।

ब्रह्मा के वरदान ने हनुमान को इस प्रकार संरक्षित किया कि उसे युद्ध में कोई भी किसी शस्त्र के उपयोग से नहीं मार पाएगा।

शिवजी ने उन्हें दीर्घायु होने, आध्यात्मिक ज्ञान और महासागरों को पार करने की क्षमता का आशीर्वाद दिया।

इंद्र ने घोषणा की कि वज्रायुध का अब हनुमान पर कोई प्रभाव नहीं होगा, क्योंकि वे स्वयं उस शस्त्र से अधिक मजबूत होंगे।

जल के देवता वरुण ने हनुमान को वचन दिया कि वे हमेशा जल से सुरक्षित रहेंगे।

आग के देवता अग्नि ने उन्हें जलने से प्रतिरक्षा का आशीर्वाद दिया।

सूर्यदेव ने उन्हें दो वरदान दिए—यगिमा और गरिमा, जिसके माध्यम से वे कभी भी अपना आकार बदल सकते थे और इच्छानुसार लघु या विशाल हो सकते थे।

मृत्यु के देवता यम ने उन्हें यमडंग (यम के शस्त्र) से मुक्त एक स्वस्थ जीवन का आशीर्वाद दिया और इस प्रकार उन्हें अमरत्व प्रदान कर दिया।

कुबेर ने उन्हें आशीर्वाद दिया कि वे सदा प्रसन्न और संतुष्ट रहें।

विश्वकर्मा ने वचन दिया कि वे उनके द्वारा शस्त्रों के रूप में बनाए गए सभी निर्माणों से सुरक्षित रहेंगे।

वायुदेव ने उन्हें स्वयं से अधिक तीव्र गति का वरदान दिया। वे पवन से भी तेज गति से उड़ सकते थे।

जब हनुमान को ये सारे वरदान प्राप्त हो गए तो वे सूर्यदेव से शिक्षा प्राप्त करके सबकुछ सीखना चाहते थे। उन्होंने अपने शरीर को विशालकाय बनाया, सूर्य देव के पास गए और उनसे शिक्षा प्रदान करने का अनुरोध किया। हालाँकि सूर्य देव ने मना कर दिया, "मुझे आपको शिक्षा देकर प्रसन्नता होगी; किंतु मैं हर समय अपने रथ पर घूमता रहता हूँ। मैं आपको प्रभावी रूप से ज्ञान कैसे दे पाऊँगा?"

हनुमान ने मुसकराकर कहा, "हे सूर्य देव! आप चिंता न करें। मैं एक पैर

पूर्व में और एक पश्चिम में रखकर स्थिर खड़ा रहूँगा। मैं आपको पूरे ध्यान से सुनूँगा।"

सूर्य देव उनका समर्पण देखकर प्रसन्न हो गए और उन्हें वह सब सिखा दिया, जो वे जानते थे।

जब हनुमान की शिक्षा पूरी हो गई तो उन्होंने पूछा कि उनके शिक्षक गुरुदक्षिणा में क्या स्वीकार करेंगे?

सूर्य देव ने कुछ भी लेना अस्वीकार कर दिया, क्योंकि हनुमान जैसा समर्पित और निश्छल शिष्य पाकर वे स्वयं को भाग्यशाली समझ रहे थे।

किंतु जब हनुमान ने जोर दिया तो सूर्य देव ने कहा, "किष्किंधा जाइए, जहाँ मेरा आध्यात्मिक पुत्र सुग्रीव रहता है। उसे एक बुद्धिमान मंत्री और साथी की आवश्यकता है। आपका जन्म एक महान् उद्‌देश्य के लिए हुआ है और वह तभी संभव होगा, जब आप वहाँ रहेंगे। मेरे पुत्र की सहायता करें, जब तक आपको आपके कर्तव्य के लिए बुलाया नहीं जाता।" सूर्य देव जानते थे कि एक दिन आएगा, जब सुग्रीव के लिए कार्य करते हुए हनुमान श्रीराम और लक्ष्मण से मिलेंगे।

अपने बचपन में हनुमान बहुत चंचल थे। जब ऋषि-मुनि ध्यान में रहते थे तो वे उन्हें परेशान करते थे और उनके ध्यान में बाधा डालते थे। एक दिन कुछ ऋषिगण क्रोधित हो गए, हालाँकि वे जानते थे कि हनुमान एक बालक थे और उनका जन्म एक महान् उद्‌देश्य की पूर्ति के लिए हुआ था।

"तुम्हारे अंदर अपार शक्ति है, बालक; किंतु तुम उसके बारे में सबकुछ भूल जाओगे, जब तक सही व्यक्ति आकर तुम्हें उसकी याद नहीं दिलाता।" उन्होंने हनुमान को चेताया।

रामायण में वर्णन है कि जब हनुमान को लंका पहुँचने के लिए जल का एक क्षेत्र पार करना था तो वह चिंतित हो गए। यह समुद्र कैसे पार होगा? तब रिक्षराज जांबवंत ने हनुमान को उनकी शक्तियों की याद दिलाई और इस प्रकार समुद्र पार करने में उनकी सहायता की। इस प्रकार हनुमान ने अपनी शक्तियों को फिर से पहचान लिया, जो उनके साथ सदा के लिए रहीं।

पाँच मोमबत्तियाँ, एक श्वास

अहिरावण और महिरावण रावण के शक्तिशाली और निर्दयी सौतेले भाई थे, जो पाताल लोक पर शासन करते थे। वे देवी महामाया के भक्त थे।

जब रावण और मंदोदरी के पुत्र इंद्रजित् की युद्ध में अपने पिता के लिए लड़ते हुए मृत्यु हो गई तो रावण उदास हो गया। उसे अपने सौतेले भाइयों की याद आई और उसने उन्हें बुलवा भेजा। जब वे आए तो रावण ने उनसे कहा, "तुम दोनों को राम और लक्ष्मण को पकड़ना होगा और महामाया को उनकी बलि देनी होगी। चूँकि वे पवित्र राजकुमार हैं, इसलिए तुम्हारी बलि तुम्हें समृद्धि प्रदान करेगी।"

लगभग तुरंत ही रावण के सबसे छोटे भाई विभीषण को अपने गुप्तचरों के माध्यम से इस योजना की जानकारी मिल गई और उसने हनुमान को संदेश भेजा, "आपको श्रीराम और लक्ष्मण का ध्यान रखना चाहिए, क्योंकि उनके विश्राम के समय अहिरावण या महिरावण उनका अपहरण करने का प्रयास करेंगे।"

पहले से चेतावनी मिल जाने के कारण हनुमानजी ने दोनों भाइयों पर कड़ी दृष्टि रखी और अहिरावण के कई प्रयासों को विफल कर दिया। अंतत: एक चतुराई भरी चाल में अहिरावण ने विभीषण का रूप धारण करके शिविर में प्रवेश किया। इससे पहले कि हनुमान या सैनिक कुछ कर पाते, अहिरावण ने दोनों भाइयों का अपहरण कर लिया और उन्हें पाताल में ले गया।

अपमानित महसूस करते हुए हनुमान विभीषण के पास गए, "महोदय," उन्होंने कहा, "मैं अपना कर्तव्य पूरा करने में विफल रहा हूँ। मैंने अहिरावण को आपके रूप में देखकर समझा कि आप हैं और उसे शिविर में प्रवेश करने की अनुमति दे दी। मुझसे छल किया गया। कृपया हमारी सहायता करें।"

विभीषण ने इस मामले की तत्कालता का संकेत दिया—

"हे वीर हनुमान! मुझे पता है कि वे दोनों भाई क्या करने में सक्षम हैं। यदि आप श्रीराम और लक्ष्मण को तत्काल बचाकर नहीं लाएँगे तो असुर निश्चित रूप से उनकी बलि दे देंगे। आप उन्हें बचा सकते हैं। तुरंत वहाँ जाएँ।"

अपने कानों में गूँजते इन शब्दों के साथ हनुमान मुड़े और पाताल की ओर चल दिए। उन्होंने द्वारपालों व सुरक्षाकर्मियों को हरा दिया और पाताल क्षेत्र में

प्रवेश किया, जहाँ उन्होंने पाँच अलग-अलग दिशाओं में स्थित पाँच मोमबत्तियाँ जलती देखीं। असुर भाइयों की एक बड़ी व मजबूत सेना थी और हनुमानजी जानते थे कि ये कोई साधारण मोमबत्तियाँ नहीं थीं। असुर सेनाओं को हराने का एकमात्र तरीका था—सभी मोमबत्तियों को एक बार में बुझाना।

एक पल से भी कम समय में हनुमान ने सोच लिया कि उन्हें क्या करना है। सहज रूप से उनकी गरदन पर चार अतिरिक्त सिर आ गए और वह पंचमुख या 'पाँच सिरोंवाले' बन गए। अपनी संपूर्ण शक्ति के साथ उन्होंने सभी मोमबत्तियों को एक साथ बुझा दिया। इस प्रकार हनुमान ने अहिरावण और महिरावण को आसानी से पराजित कर दिया। प्रसन्न होकर उन्होंने श्रीराम व लक्ष्मण को कैद से छुड़ाया और दोनों को वापस शिविर में ले आए।

आज भी भारत के कुछ स्थानों में हनुमानजी की पंचमुखी प्राणेश के रूप में पूजा की जाती है।

रेत का गोला और पाँच साक्षी

जब श्रीराम और लक्ष्मण वनवास से लौटे तो वे अपने मृत पिता का श्राद्ध करने के लिए गया गए। फल्गु नदी, जो पवित्र मानी जाती थी और जिसके बारे में मान्यता थी कि वह भगवान् विष्णु के चरणों से बहती थी, गया नगरी से गुजरती थी।

जब दोनों भाई नदी में स्नान कर रहे थे तो सीताजी तट पर अकेली बैठकर रेत से क्रीड़ा कर रही थीं।

उन्हें आश्चर्यचकित करते हुए राजा दशरथ की आत्मा उनके सामने प्रकट हुई और बोली, "मुझे बहुत भूख लगी है।"

"क्या आप कृपा करके तब तक प्रतीक्षा करेंगे, जब तक आपके पुत्र आवश्यक अनुष्ठान संपन्न करके पारंपरिक पिंडदान नहीं कर देते?" सीता ने पूछा।

"ओह! रेत हो या चावल, मुझे कोई अंतर नहीं पड़ता। बस, मुझे तुरंत कुछ खाने को दो।" आत्मा ने जोर देकर कहा।

सीता अपने श्वसुर को मना नहीं कर पाईं और उन्हें रेत से बना एक पिंड दे दिया।

जब राम चावल के पिंड से श्राद्ध कर्म करने लगे तो दशरथ प्रकट नहीं हुए। राम ने विचार करते हुए कहा, "पिताश्री अभी तक क्यों नहीं आए?"

सीता जानती थीं कि दशरथ अब भूखे नहीं थे, क्योंकि वे उन्हें पहले ही खिला चुकी थीं। इसलिए उन्होंने पूरी घटना अपने पति को बता दी। किंतु राम ने उनकी कहानी को स्वीकार नहीं किया, बल्कि उन्होंने पूछा, "मैं यह कैसे मान

सकता हूँ कि मेरे पिता ने चावल के पिंड के बजाय रेत का पिंड खा लिया? मुझे इस घटना के कुछ साक्षी चाहिए।"

सीता को याद आया कि वास्तव में उनके उस कृत्य के पाँच साक्षी थे—एक वृद्ध व्यक्ति, एक गाय, एक तुलसी का पौधा, फल्गु नदी और एक पीपल का पेड़।

चूँकि अधिकतर साक्षियों को राम को निराश करने का डर था, इसलिए उन्होंने झूठ बोल दिया, "हमें इस घटनाक्रम के बारे में कुछ पता नहीं है।" उन्होंने कहा।

लेकिन पीपल के पेड़ ने सच बता दिया।

अन्य साक्षियों के झूठ से सीताजी क्रोधित हो गईं। उन्होंने कहा, "मैं आप सबको शाप देती हूँ, जिन्होंने आज झूठ बोला है। जीवन आपको ऐसे पाठ पढ़ाएगा, जिससे आपको अपने अपराध समझ में आएँगे। जब तक आप सच्चा पश्चात्ताप नहीं कर लेते, आपको कभी प्रसन्नता नहीं मिलेगी।" लोगों का मानना है कि इसी शाप के कारण वृद्धावस्था अनेक कठिनाइयों से भरी होती है—गाय अपने ऊपर हुए हमलों से स्वयं को बचा नहीं पाती, तुलसी का पौधा कभी पेड़ नहीं बनता और फल्गु नदी में सदा जल का अभाव रहता है।

फिर सीताजी मुड़ीं और पीपल के पेड़ को वरदान दिया, "हे महान् वृक्ष! जो भी आपके सामने अपने पूर्वजों के लिए प्रार्थना करेगा, उसके पूर्वज निश्चित रूप से स्वर्ग में जाएँगे।"

इसीलिए लोग पीपल के पेड़ के नीचे श्राद्ध करते हैं।

नाम की शक्ति

राजा शकुंतन एक छोटे से राज्य के शासक थे।

एक दिन जब वे शिकार से लौट रहे थे, उन्होंने ऋषि वसिष्ठ, विश्वामित्र और अत्रि को एक आश्रम में यज्ञ करते देखा। चूँकि राजा का शरीर शिकार से लौटने के कारण पसीने, धूल और रक्त से भरा हुआ था, इसलिए वे पवित्र समारोह को अशुद्ध नहीं करना चाहते थे। जहाँ वे खड़े थे, वहाँ से वे केवल ऋषि वसिष्ठ को स्पष्ट रूप से देख सकते थे, इसलिए उन्होंने दूर से ही सिर झुकाकर उन्हें प्रणाम किया और अपनी यात्रा पर आगे बढ़ गए।

नारद ने, जो राजा को देख रहे थे, आश्रम में प्रवेश किया। नारद अपने आनंद के लिए दूसरों के बीच झगड़े लगाने के लिए जाने जाते हैं और उस समय भी उन्होंने यही किया।

उन्होंने कहा, "हे ऋषि अत्रि और ऋषि विश्वामित्र! क्या आपने ध्यान नहीं दिया कि राजा शकुंतन ने आप दोनों को प्रणाम नहीं किया? उन्होंने केवल ऋषि वसिष्ठ को प्रणाम करके जानबूझकर आप दोनों का अपमान किया है।"

ऋषि अत्रि मुसकराए, "उन्होंने हमें अपमानित करने के लिए ऐसा नहीं किया, देवर्षि नारद। मैं वसिष्ठजी के सामने बैठा था और संभवतः उन्होंने मुझे भी नहीं देखा होगा।" उन्होंने कहा, "वैसे भी, इससे कोई अंतर नहीं पड़ता।"

किंतु विश्वामित्र क्रोधित हो गए—"राजा का मुझे अपमानित करने का साहस कैसे हुआ? उसे दंडित करने की आवश्यकता है।"

नारद तुरंत सहमत हो गए, "हाँ-हाँ, उन्हें दंड मिलना ही चाहिए। आप ऋषि वसिष्ठ से कम श्रेष्ठ नहीं हैं। आप महान् योद्धा श्रीराम और लक्ष्मण के

गुरु भी हैं। आपको शीघ्र-से-शीघ्र शकुंतन को दंडित करने के लिए श्रीराम से वचन ले लेना चाहिए।"

विश्वामित्र ने सहमति में सिर हिलाया और राम को बुलवा भेजा। उन्होंने कहा, "प्रिय शिष्य, शकुंतन ने मुझे अपमानित किया है और मैं आज सूर्यास्त से पहले उसका सिर अपने पैरों में चाहता हूँ।"

कर्तव्य-परायण राम ने अपने गुरु को वचन दिया कि वे ऐसा ही करेंगे।

इस बीच नारद शकुंतन के राज्य पहुँच गए। वे राजा से मिले और पूछा, "क्या आप जानते हैं कि आपने स्वयं को किस प्रकार की कठिनाई में डाल लिया है? महान् योद्धा और दशरथ के पुत्र श्रीराम ऋषि विश्वामित्र के आदेश पर आज सूर्यास्त तक आपका सिर काटने आ रहे हैं। प्रभु के हाथों आपकी मृत्यु निश्चित है।"

शकुंतन चिंतित हो गए।

"लेकिन मैंने महान् ऋषि को अपमानित करने के लिए क्या किया है? मैं तो केवल एक छोटे से राज्य का शासक हूँ।"

"अभी उस बारे में मत सोचिए।" नारद ने अधीरता से अपना हाथ हिलाया। "आपका ध्यान आज का दिन जीवित बचने पर होना चाहिए। राम अपना वचन सदैव पूरा करते हैं।"

राजा ने कहा, "हे नारद मुनि! कृपया मेरी सहायता करें। मुझे नहीं पता कि मैं इस कठिनाई में कैसे पड़ गया; किंतु आप मेरे पास यह विनाशकारी समाचार लाए हैं, इसलिए आपको इस समस्या का समाधान ढूँढ़ने में भी मेरी सहायता करनी चाहिए।"

नारद तो यही चाहते थे। उन्होंने एक सुखद और बुद्धिमत्तापूर्ण स्वर में कहा, "आप हनुमानजी की माँ अंजना को ढूँढ़ें और उस व्यक्ति का नाम लिये बिना, जिनसे आप सुरक्षा चाहते हैं, उनसे रक्षा करने का अनुरोध करें। बाकी सब वे स्वयं सँभाल लेंगी।"

राजा शकुंतन शीघ्रता से किष्किंधा गए, जहाँ उन्होंने अंजना को अपने घर में भगवान् शिव की पूजा करते पाया। राजा ने उनके चरण छुए और कहा, "हे पवित्र माता! कृपया मेरी सहायता करें। एक व्यक्ति ने बिना अपराध आज मेरा

सिर काटने का निर्णय लिया है। आप महान् हनुमान की माँ हैं और आपकी सहायता के बिना मैं आज का दिन पूरा होने तक जीवित नहीं रह पाऊँगा।"

अंजना चिंता में पड़ गईं। उन्हें समझ में नहीं आ रहा था कि क्या करें। तब उन्होंने इस पर विचार किया। एक छोटा सा राजा सुरक्षा की तलाश में आया था और यह इतनी बड़ी बात नहीं थी। वे जानती थीं कि उनका बेटा आसानी से यह काम कर सकता है। इसलिए उन्होंने शकुंतन को वचन दिया, "मैं हनुमान से आपकी रक्षा करने के लिए कहूँगी। वे मेरी आज्ञा कभी नहीं टालते। अब आप अपनी चिंताओं को त्यागकर अपनी सुरक्षा के प्रति आश्वस्त हो सकते हैं।"

शकुंतन ने जोर देकर कहा, "आप मुझे वचन दीजिए।"

"ठीक है, मैं आपको प्रभु राम के नाम पर वचन देती हूँ कि हनुमान आपकी रक्षा करेंगे।" अंजना ने कहा और पूजा करने लगीं।

शकुंतन ने राहत की साँस ली और प्रतीक्षा करने लगे।

जैसे ही हनुमान घर आए और अंजना ने अपनी पूजा समाप्त की, उन्होंने अपने पुत्र से शकुंतन की रक्षा करने के लिए कहा। हनुमान ने कहा, "हाँ, मैं आपकी रक्षा करूँगा। अब मुझे बताइए, सूर्यास्त से पहले आपको कौन मारना चाहता है?"

राजा ने उत्तर दिया, "वह प्रभु श्रीराम हैं।"

यह सुनकर हनुमान परेशान हो गए। शकुंतन ने उन्हें पूरा घटनाक्रम बताया। हनुमान बैठ गए और समाधान खोजने के लिए ध्यान लगाया। उन्होंने अपने मन की आँखों से देखा कि कैसे नारद ने घटना के साथ छेड़छाड़ की थी। अब हनुमान राजा को पहले ही वचन दे चुके थे कि वे उनकी सुरक्षा सुनिश्चित करेंगे।

कुछ देर सोचने के बाद हनुमान ने राजा से कहा, "आप तब तक राम का नाम जपते रहें, जब तक मैं आपसे आगे बात नहीं करता। अब आप जाइए।"

इस बीच हनुमान पवन की गति से उड़ते हुए अयोध्या पहुँच गए। श्रीराम के महल में उन्होंने प्रभु को बताया कि कैसे नारद ने शकुंतन के साथ चाल चली थी। हनुमान ने श्रीराम से अनुरोध किया कि वे बेचारे राजा के साथ युद्ध न करें।"

"मैं मानता हूँ कि यह एक अनुचित चाल है, प्रिय हनुमंत; किंतु मैं वचन

दे चुका हूँ। मुझे किसी भी मूल्य पर यह कार्य पूरा करना होगा।" राम ने भारी स्वर में कहा।

"किंतु मैं आपके विरुद्ध कैसे लड़ सकता हूँ? मैंने शकुंतन को सुरक्षा का वचन दिया है, प्रभु।"

"तब तुम अपना वचन निभाओ और मैं अपना निभाऊँगा। मेरे राज्य में कोई अपना वचन नहीं तोड़ता।"

"तब मुझे वचन दीजिए, प्रभु, कि जो भी आपके नाम का जाप करेगा, उसे तब तक निशाना नहीं बनाया जाएगा और प्रताड़ित नहीं किया जाएगा, जब तक वह अपना जाप पूरा नहीं कर लेता। मुझे आशा है, आप इतना तो कर ही सकते हैं!"

राम ने कहा, "अवश्य! मुझे कोई आपत्ति नहीं।"

सीमित विकल्पों के होते हुए हनुमान को बालि के पुत्र अंगद की याद आई, जो श्रीराम को बहुत प्रिय थे। शायद वे ध्यान लगाकर श्रीराम को हनुमान से युद्ध न करने के लिए मना सकें। सो अंगद अयोध्या आए और उन्होंने राम से बात की।

"हनुमान आपके सबसे सच्चे भक्त हैं, प्रभु। उनकी अनंत भक्ति के बारे में सोचिए और याद करिए कि उन्होंने रावण के विरुद्ध युद्ध में आपकी कितनी सहायता की थी।"

"मैं तुम्हारी कही हर बात से सहमत हूँ, अंगद; किंतु मुझे सूर्यास्त से पहले शकुंतन का सिर अपने गुरु के चरणों में रखना ही होगा। मैंने उन्हें वचन दिया है। इसके अलावा कोई समाधान नहीं है।" राम ने कहा।

अंजना, जो यह देखकर दु:खी थीं कि उन्होंने राजा की सहायता का वचन देकर कितनी बड़ी समस्या उत्पन्न कर दी थी, अपने पुत्र से बोलीं, "हनुमान, कृपया जाकर सीताजी से प्रार्थना करो। वे अवश्य कोई समाधान बताएँगी।"

हनुमान तुरंत सीताजी के महल में गए और उन्हें वस्तुस्थिति बताई।

"श्रीराम किसी की बात नहीं सुनेंगे।" उन्होंने कहा, "उनसे कुछ कहने की बजाय मैं आपको एक वरदान देती हूँ, वत्स! आपके जितना बहुमूल्य कोई भक्त नहीं है। इसलिए जब श्रीराम के तीर आपको चुभने का प्रयास करेंगे तो वे फूलों में बदल जाएँगे।"

शीघ्र ही यह समाचार फैल गया कि दिवस का अंत होने से पहले राम और हनुमान में युद्ध होने वाला है। नारद सहित सभी लोग युद्ध-स्थल पर पहुँच गए।

हनुमान ने अपनी लंबी पूँछ से एक किला बनाया और शकुंतन को उसी में रहने के निर्देश दिए।

और फिर युद्ध आरंभ हो गया।

राम हनुमान पर तीरों की बरसात करने लगे। वे यह देखकर चकित हो गए कि उनके तीरों का कोई प्रभाव नहीं हो रहा था। तब उन्होंने लक्ष्मण से इसका कारण पता करने के लिए कहा। लक्ष्मण शीघ्र ही वापस आए और बोले, "भ्राताश्री, यह युद्ध व्यर्थ है। आपने वचन दिया है कि जो भी आपका नाम जपेगा, वह सुरक्षित रहेगा। शकुंतन आपके नाम का जप कर रहा है, इसलिए आपके तीरों का उस पर कोई प्रभाव नहीं हो रहा है। इस बीच मैंने सुना है कि माता सीता ने हनुमान को वरदान दिया है कि आपके तीर उनके शरीर का स्पर्श करते ही फूलों में बदल जाएँगे। इसलिए हनुमान के पाँवों के पास फूलों का ढेर लग गया है। हनुमान भी आपके नाम का जप कर रहे हैं। आपके भक्तों के विरुद्ध कोई नहीं लड़ सकता, भ्राताश्री।"

उसी समय वहाँ नारद आ गए—"मैं ही हूँ, जिसने इस नाटक की रचना की है।" उन्होंने कहा, "मैं यह सिद्ध करना चाहता था कि वह आप नहीं, बल्कि आपका नाम है, जो कठिनाई के समय किसी की रक्षा कर सकता है। अब, जबकि यह बात सिद्ध हो चुकी है, कृपया शकुंतन को क्षमा कर दें।"

अब तक ऋषि विश्वामित्र को भी अपनी भूल समझ में आ गई थी, "मैं एक साधु हूँ और मुझे अपने क्रोध पर नियंत्रण करना आना चाहिए, जैसे कि महर्षि अत्रि और वसिष्ठजी ने किया है। यह मेरी भूल है। कृपया इस युद्ध को समाप्त कर दें।"

"नहीं, मैं ऐसा नहीं कर सकता। मैंने इसका सिर आपके चरणों में लाने का वचन दिया है। मैं ऐसे वंश से आता हूँ, जहाँ दिया हुआ वचन पूरा करना अनिवार्य है।" श्रीराम ने उत्तर दिया।

"तब ऐसा ही होगा।" नारद बोले, "आइए, हम शकुंतन से कहें कि वे

अपना सिर विश्वामित्र के चरणों में रख दें। वचन को पूरा करने के लिए वास्तव में यही पर्याप्त है।"

राम मुसकराए और नारद के शब्दों की सच्चाई समझ गए। उन्होंने सिर हिला दिया।

शीघ्र ही शकुंतन आए और उन्होंने श्रीराम को सिर झुकाकर प्रणाम किया। उसके बाद जब सूर्यास्त होने लगा तो उन्होंने अपना सिर विश्वामित्र के चरणों में रख दिया। युद्ध समाप्त हो गया और सभी लोग घटनाओं के इस मोड़ पर मुसकराने लगे।

राम का अंत

जब सीता अपनी बात और सम्मान पर बार-बार प्रश्न उठाए जाने से दुःखी होकर माता पृथ्वी की गोद में समाकर अंतर्धान हो गईं और लव-कुश युवा हो गए तब ब्रह्माजी ने निर्णय लिया कि अब श्रीराम के स्वर्ग में लौटने का समय आ गया था। उन्होंने पृथ्वी पर अपना उद्देश्य पूरा कर लिया था। इसलिए उन्होंने समय को एक भटकते साधु के रूप में पृथ्वी पर भेजा।

साधु पृथ्वी पर आकर श्रीराम से मिले और बोले, "मुझे आपसे अति महत्त्वपूर्ण विषयों पर चर्चा करनी है, प्रभु; किंतु एक शर्त पर। न तो कोई हमारी बातें सुनेगा और न ही किसी प्रकार की बाधा उत्पन्न करेगा।"

राम ने मुसकराकर कहा, "यह कोई समस्या नहीं है। मेरे द्वारपाल इस बात का ध्यान रखेंगे।"

साधु ने सिर हिलाया—"नहीं राम! जब दबाव बढ़ता है, तब द्वारपाल हार मान लेते हैं। इसलिए मैं आपसे अनुरोध करता हूँ कि आप अपने सबसे विश्वासपात्र व्यक्ति को द्वार पर खड़ा करें और उसे अच्छे से समझा दें कि हमारी बातों में कोई बाधा उत्पन्न न करे, अन्यथा उसे मृत्युदंड दिया जाएगा।"

राम को इस विचित्र अनुरोध पर आश्चर्य हुआ। उन्होंने अनुमान लगा लिया कि उनके सामने खड़ा व्यक्ति जो दिख रहा था, उससे कहीं अधिक था। उन्होंने कहा, "ठीक है, मेरा छोटा भाई लक्ष्मण द्वार की रक्षा करेगा। वह मेरी आज्ञा कभी नहीं टालेगा।"

राम लक्ष्मण की ओर मुड़े और बोले, "हे लक्ष्मण! तुमने हमारा वार्त्तालाप सुन लिया है। मैं तुमसे अनुरोध करता हूँ भाई, कि तुम सुनिश्चित करो कि कोई

हमारे वार्त्तालाप में बाधा न डाले। ध्यान रखना कि हमारी बातें तुम्हारे कानों में न जाएँ और किसी भी परिस्थिति में तुम हमारी बातचीत में बाधा मत डालना।"

लक्ष्मण ने सहमति में सिर हिलाया और बाहर चले गए। उन्होंने अपने पीछे द्वार बंद कर दिया और उसकी सुरक्षा में खड़े हो गए।

जब राम और साधु अकेले रह गए, तब साधु ने अपना रूप बदल लिया और अपनी वास्तविक पहचान बताई।

"हे प्रभु राम! मैं समय हूँ। मनुष्य के रूप में आपका समय समाप्त हो चुका है। आप अपना कर्तव्य पूरा कर चुके हैं। अब समय आ गया है कि आप अपना राज्य सौंप दें और स्वर्ग वापस लौट जाएँ।"

"मैं स्वीकार करता हूँ। मैं तैयार हूँ।" राम ने बिना हिचकिचाए उत्तर दिया।

इस बीच ऋषि दुर्वासा राम के महल में आए। उन्होंने लक्ष्मण को देखा और कहा, "मैं इसी समय आपके भ्राता से मिलना चाहता हूँ। यह इक्ष्वाकु वंश के लिए बहुत महत्त्वपूर्ण और आवश्यक है।"

लक्ष्मण ने उन्हें रोक दिया, "ऋषिवर, मैं उन्हें आपके आगमन के संबंध में अभी सूचित नहीं कर सकता। भीतर एक महत्त्वपूर्ण बैठक चल रही है।"

ऋषि क्रोधित हो गए। "इसका क्या तात्पर्य है? क्या मैं महत्त्वपूर्ण नहीं हूँ? यदि आप राम को नहीं बताएँगे कि मैं उनसे मिलने आया हूँ तो मैं अयोध्या को शाप दे दूँगा।"

लक्ष्मण ने सोचा, 'यदि मैं भ्राताश्री की बातचीत में बाधा डालूँगा तो मेरी मृत्यु निश्चित है; किंतु यदि मैं ऐसा नहीं करूँगा तो ऋषि अयोध्या को शाप दे देंगे। अयोध्या की प्रजा ऋषि के शाप का दंश सहे, इससे अच्छा है कि मुझे ही मृत्यु दंड मिल जाए। अयोध्या को सदा समृद्ध और सुरक्षित रहना चाहिए।"

यह सोचकर लक्ष्मण ने द्वार खटखटा दिया। खटखटाने का स्वर सुनकर समय ने राम को देखा और कहा, "अब अंत आ गया है। वह आपको बताएगा कि आपको कैसे जाना है।"

इतना कहकर वह अंतर्धान हो गया।

लक्ष्मण ने कक्ष में प्रवेश किया और श्रीराम को बताया कि दुर्वासा ऋषि बाहर खड़े हैं और उनसे मिलना चाहते हैं। राम समझ गए कि ऋषि ही वे दूत थे,

जिसके बारे में समय ने बताया था। उन्होंने ऋषि की ओर शांत व चिंता-रहित भाव से देखा और पूछा, "ऋषिवर, मैं आपकी क्या सहायता कर सकता हूँ? आपको यहाँ देखकर मुझे प्रसन्नता हो रही है।"

"मैंने बहुत लंबे समय तक तपस्या की है और मुझे आभास हो गया है कि समय एक साधु के वेश में आपसे मिलने आएगा। आप सावधान रहें।" ऋषि ने चेतावनी दी।

श्रीराम ने मुसकराकर सिर हिला दिया और लक्ष्मण से अनुरोध किया, "कृपया ऋषिवर के लिए उचित व्यवस्था कर दो।"

"नहीं, मैं शीघ्रता में हूँ और मैंने अपना कर्तव्य पूरा कर दिया है।" दुर्वासा ने कहा। फिर वे मुड़े और वहाँ से चले गए।

श्रीराम बहुत दुःखी मनोदशा में थे। वे याद कर रहे थे कि कैसे लक्ष्मण ने सदैव उनका साथ दिया था। चाहे वह गुरुकुल में हो या वनवास में, लंका में या सीता को वन में छोड़ना, लक्ष्मण उनकी परछाईं की तरह साथ थे, चुपचाप उनके पीछे खड़े हुए। अब उन्हें लक्ष्मण को मृत्युदंड देना था। यदि वे ऐसा नहीं करेंगे तो समय को दिया उनका वचन टूट जाएगा। दिया हुआ वचन पूरा करने की परंपरा का रघुवंश द्वारा प्राण देकर भी पालन किया जाता था।

रघुकुल रीति सदा चलि आई ।
प्रान जाहिं बरु बचन न जाई॥

रघुकुल या सूर्यवंशियों की यह परंपरा प्रचलित है। व्यक्ति अपने प्राण दे सकता है, किंतु दिया हुआ वचन नहीं तोड़ सकता।

लक्ष्मण ने श्रीराम की ओर देखा और कहा, "आप चिंता न करें। आप अपना दिया हुआ वचन निभाने के लिए जाने जाते हैं। जो हो चुका है, उसका पछतावा न करें। अपने लिए निर्धारित मार्ग पर चलना हमारी नियति है और हमें हमारे सामने आई हर परिस्थिति को स्वीकार करना होगा। आपने मुझे सिखाया था कि कर्तव्य का पालन बिना किसी लगाव या विरक्ति के करना चाहिए। मैं प्रसन्नतापूर्वक मृत्यु दंड स्वीकार करता हूँ।"

राम यह सब जानते थे, किंतु फिर भी यह उनके लिए एक कठिन कार्य था। लक्ष्मण ने राम की आज्ञा की प्रतीक्षा नहीं की। वे सरयू नदी में गए और नदी के

मध्य की ओर चलने लगे। उन्होंने रहस्यवादी योग का अभ्यास किया और स्वयं को आदिशेष (नागों के राजा), जिन पर भगवान् विष्णु सदैव निवास करते हैं, के अपने मूल रूप में परिवर्तित कर लिया।

लक्ष्मण के जाने के बाद राम ने भरत को अपने उत्तराधिकारी के रूप में नियुक्त करके स्वयं भी सरयू नदी में जाने का निश्चय किया; किंतु भरत ने यह प्रस्ताव अस्वीकार कर दिया।

"हे भैया राम! आपके बिना यह राज्य किसी काम का नहीं है। मैं सदा से आपका हिस्सा रहा हूँ। आप जो भी करेंगे, मैं भी वही करूँगा।" भरत ने कहा।

तब राम ने शत्रुघ्न की ओर देखा। बिना हिचकिचाए शत्रुघ्न ने कहा, "जहाँ भरत जाएँगे, शत्रुघ्न भी वहीं जाएगा। मुझे इस राज्य की आवश्यकता नहीं है।"

अंत में राम ने राज्य और संपत्ति विभाजित करने का निर्णय लिया। उन्होंने कुश को कोसल राज्य का उत्तरी भाग एवं लव को दक्षिणी भाग दिया और राज्य का एक-एक हिस्सा अपने भाइयों लक्ष्मण, भरत व शत्रुघ्न के पुत्रों को दिया। राज्य की प्रजा को राम की योजना के बारे में पता चला तो वे दुःखी हो गए। वे सब सरयू नदी के तट पर एकत्र हो गए।

राम ने सबसे विदा ली और स्वयं को सरयू के जल में डुबो दिया। उनके बाद भरत और फिर शत्रुघ्न भी उसी प्रकार सरयू में समा गए। इस प्रकार दशरथ के पुत्र सरयू नदी के साथ एक हो गए और पृथ्वी को छोड़कर चले गए।

श्रीराम महाविष्णु में परिवर्तित हो गए; भरत और शत्रुघ्न क्रमशः शंख व चक्र में बदल गए। आदिशेष ने अपना फन महाविष्णु के ऊपर और पीछे फैला लिया। इस प्रकार वे दर्शकों के देखते-देखते स्वर्ग की ओर चले गए।

आज, सरयू नदी अयोध्या जिले में बहती है, जो उत्तर प्रदेश राज्य में है। नदी के तट पर एक घाट है और चारों भाइयों के लिए चार मंदिर हैं, जो साथ जिए और मृत्यु का वरण भी साथ में किया।

समय यात्रा

जब भी यम, मृत्यु के देवता, श्रीराम को यह बताने के लिए उनके पास आने का प्रयास करते कि मानव रूप में उनके पास कितना समय शेष था, हनुमान उन्हें प्रवेश देने से इनकार कर देते। यम हनुमान की शक्ति और अमरता के वरदान से अवगत थे और उन्हें क्रोधित नहीं करना चाहते थे।

हालाँकि श्रीराम समझते थे कि मानव जीवन को जन्म और मृत्यु के चक्र को पूरा करना होता है। वे जानते थे कि हनुमान यम को उनसे मिलने न देकर उन्हें मृत्यु से बचाने की कोशिश कर रहे थे; किंतु राम ने इस तथ्य को स्वीकार कर लिया था कि उन्हें कभी-न-कभी यम से मिलना होगा। वे यह भी जानते थे कि हनुमान के आसपास होते हुए ऐसा करना संभव नहीं था।

एक दिन राम और हनुमान बाहर टहलने गए। राम ने अपनी अँगूठी निकाली और उसके साथ खेलना शुरू कर दिया। कुछ देर बाद उन्होंने चतुराई से उसे भूमि पर एक छोटी सी दरार में गिरा दिया। फिर राम ने हनुमान से अनुरोध किया, "मैंने अपनी अँगूठी कहीं गिरा दी है। क्या तुम उसे मेरे लिए ढूँढ़ दोगे?"

हनुमान ने सिर हिलाया और अपने शरीर को इतने छोटे आकार में बदल लिया कि वह आसानी से भूमि की दरार में जा सकता था। वह अँगूठी के जितना निकट जाते, अँगूठी और नीचे चली जाती और उनके पास उसका पीछा करने के अलावा कोई विकल्प नहीं रह जाता।

एक लंबे समय बाद अँगूठी पाताल में पहुँच गई। वहाँ हनुमान नागों के राजा नागराज से मिले। हनुमान ने कहा, "प्रभु राम की अँगूठी यहाँ कहीं गिर गई है। क्या आप कृपा करके मुझे वह अँगूठी लौटा देंगे? मुझे उन्हें वह लौटानी होगी।"

"मेरे पास अँगूठियों से भरा एक कक्ष है।" नागराज ने उत्तर दिया, "पृथ्वी से जो कुछ भी गिरता है, वहीं रखा जाता है। आप उस कक्ष में जाकर अपनी अँगूठी ढूँढ़ सकते हैं।"

हनुमान ने सहमति में सिर हिला दिया। जब उन्होंने कक्ष में प्रवेश किया तो वहाँ सैकड़ों अँगूठियाँ देखीं। वे तब तक खोज करते रहे, जब तक उन्हें वह अँगूठी नहीं मिल गई, जिसकी उन्हें तलाश थी; हालाँकि उन्हें इसमें कुछ ही पलों का समय लगा। हनुमान ने नागराज को धन्यवाद दिया और अयोध्या वापस लौट आए। किंतु पाताल में समय का एक अलग अर्थ होता है। वहाँ का एक पल पृथ्वी के कई वर्षों के बराबर है। जब तक हनुमान अयोध्या पहुँचे, तब तक काफी समय बीत चुका था और राम अपने नश्वर शरीर को छोड़कर महानिर्वाण प्राप्त कर चुके थे।

हनुमान यह सोचकर बेचैन हो गए कि वे राम को पृथ्वी छोड़कर जाते समय नहीं देख पाए थे। वे बहुत दु:खी हो गए; किंतु वे जानते थे कि कि प्रभु घटनाक्रम को इसी प्रकार होते देखना चाहते थे।

आज भी हनुमान हमारे ग्रह पर ही रहते हैं। एक दृढ़ विश्वास है कि जहाँ भी राम की पूजा होती है, हनुमान भक्तों को आशीर्वाद देने के लिए अपने अदृश्य रूप में वहाँ उपस्थित होते हैं।

विभिन्न देशों में रामायण

अन्य सभ्यताओं के विपरीत भारत ने किसी भी देश में उपनिवेश स्थापित नहीं किया है।

हमारे देश में रामायण के विभिन्न संस्करण मौजूद हैं। जैन रामायण हिंदू रामायण से अलग है। जैन रामायण में लक्ष्मण रावण के विरुद्ध युद्ध करते हैं, उन्हें मार देते हैं और सीता को उनके पति के पास वापस लाते हैं।

ऐतिहासिक रूप से भारतीय व्यापारियों ने विभिन्न स्थानों, विशेष रूप से दक्षिण-पूर्व एशिया की यात्रा की थी। वे जहाँ भी गए, हमारे महाकाव्य साथ लेकर गए। स्थानीय लोग हमारी संस्कृति से मोहित हो गए और उन्होंने इसे अपने विशिष्ट रस के साथ अपना लिया, यहाँ तक कि उन्होंने स्थानीय रस और संवेदनशीलताओं को अनुकूलित करने के लिए रामायण की कहानियों को भी बदल दिया। महाकाव्य का वाल्मीकि संस्करण कुछ हद तक क्षेत्रीय भाषाओं में अनुवाद के दौरान बदल गया और अधिकांश मामलों में कहानी और योजनाबद्ध अनुकूलन भी बदल दिए गए हैं।

आप आसानी से म्याँमार, इंडोनेशिया, कंबोडिया, लाओस, फिलीपींस, श्रीलंका, नेपाल, थाईलैंड, मलेशिया, मंगोलिया और वियतनाम में रामायण में किंवदंतियों के निशान देख सकते हैं। इन सभी देशों में रामायण के मंचीय प्रदर्शन भी काफी लोकप्रिय हैं।

थाईलैंड में शाही परिवारों का मानना है कि वे राम के वंशज हैं; थाईलैंड के राजा लोग अपने नाम के अंत में 'राम' शीर्षक लगाते हैं और अपनी राजधानी को आयुथया (दृढ़ता से 'अयोध्या' की याद दिलाते हुए) के रूप में संदर्भित करते

हैं। थाईलैंड के एक महाकाव्य 'रामाकीन' का अर्थ है 'राम की महिमा' और देश में इससे संबंधित छाया कठपुतली प्रदर्शन, चित्रकारी, नृत्य और नाटक होते रहते हैं। चित्रों में राम को गहरे हरे रंग के चेहरे और लक्ष्मण को सुनहरे चेहरे के साथ दिखाया गया है, जबकि हनुमान को एक सफेद वानर के रूप में दिखाया गया है। वहाँ माना जाता है कि हनुमान की कई पत्नियाँ हैं, उस ब्रह्मचारी हनुमान के विपरीत, जिनकी हम भारत में पूजा करते हैं।

दक्षिण में और आगे कंबोडिया में बौद्ध धर्म दुनिया में अच्छे और बुरे के संतुलन के चित्रण को प्रभावित करता है, जबकि म्याँमार में उस पाठ को कुछ बदलावों के साथ 'यमयाना' कहा जाता है।

विभिन्न संस्करणों और चित्रणों के बावजूद एक चरित्र समान बना रहता है—राम। वह सदा विजयी रहता है, दिखने में सुंदर है और उसका व्यक्तित्व महान् है—मनुष्यों में सर्वश्रेष्ठ।

□

कृष्णं वंदे जगद्गुरुम्

चंद्र वंश

चंद्रवंश में नहुष, ययाति, पुरु, दुष्यंत, भरत, हस्तिन्, शांतनु, धृतराष्ट्र, पांडु, पांडव, कौरव, परीक्षित् और जन्मेजय जैसे महान् राजा हुए थे।

यदु राजा ययाति और रानी देवयानी के अनेक पुत्रों में से एक थे। जब राजा ययाति को ऋषि शुक्र ने असमय और तत्काल वृद्ध होने का शाप दिया था तो उन्होंने युवावस्था के आदान-प्रदान पर बातचीत करने के लिए अपने पुत्र यदु की ओर देखा। हालाँकि यदु ने अपने पिता के अनुरोध को अस्वीकार कर दिया। क्रुद्ध ययाति ने अपने पुत्र को शाप दिया, "तुम कभी ऐसा साम्राज्य नहीं बना पाओगे, जिसके पास एक उचित राजा या स्थापित वंश होगा। तुम्हारी भावी पीढ़ियाँ कई गुटों का निवास करेंगी और आपस में ही लड़ती रहेंगी।"

इस प्रकार, यदु को इस शाप के कारण सिंहासन के उत्तराधिकार से वंचित कर दिया गया; जबकि पुरु ने, जो ययाति के सबसे छोटे पुत्र थे, अपने पिता की वृद्धावस्था से अपनी युवावस्था को बदल लिया। उनकी संतान को पुरु वंश के रूप में जाना जाने लगा। इस बीच, यदु यदुवंश नामक एक अलग वंशावली के निर्माण के लिए निमित्त बने, जो कि चंद्रवंश की एक शाखा बन गई। इस वंश के पुरुष 'यादव' और महिलाएँ 'यादवी' कहलाईं। कृष्ण और उनके भाई बलराम का जन्म इसी वंश में हुआ था। हालाँकि कृष्ण की मृत्यु के साथ यह राजवंश समाप्त हो गया।

मणि, जो स्वर्ण उत्पन्न करती थी

एक समय सत्राजित् नाम का एक धनी व्यक्ति था, जो यादव साम्राज्य की राजधानी और एक समृद्ध बंदरगाह द्वारका में रहता था। सत्राजित् के पास एक असाधारण मणि, स्यमंतक मणि थी, जिसे उसने सूर्यदेव की कठोर तपस्या के बाद प्राप्त किया था। सूर्य के संपर्क में आने पर मणि से स्वर्ण उत्पन्न होता था। इससे सत्राजित् बहुत कम समय में बहुत समृद्ध हो गया। इस तत्काल और आसान वित्तीय उन्नति ने सत्राजित् और उसके भाई प्रसेनजित् को अधिकांश लोगों के प्रति बेहद घमंडी और कठोर बना दिया।

सत्राजित् की सत्यभामा नामक एक सुंदर पुत्री थी। समय के साथ वह श्रीकृष्ण से प्रेम करने लगी। यद्यपि श्रीकृष्ण उसकी भावनाओं से अनभिज्ञ थे।

एक दिन श्रीकृष्ण अपने मित्रों और चचेरे भाइयों—सात्यकि, कृतवर्मा एवं अक्रूर के साथ द्वारका के मामलों पर चर्चा कर रहे थे। जब स्यमंतक मणि का विषय उठा तो उनमें से एक ने कहा, "सत्राजित् के अहंकार का कोई अंत नहीं है। वह स्वयं को राजा से भी बड़ा समझता है और स्वर्ण के बारहमासी स्रोत का स्वामी होने के गौरव के कारण राज्य के नियमों का पालन भी नहीं करता।"

"धन के ऐसे स्रोत पर किसी एक व्यक्ति का स्वामित्व नहीं होना चाहिए। जब तक कोई व्यक्ति इस तरह का असाधारण उपहार सँभालने के योग्य नहीं होगा, समय और शक्ति एक औसत व्यक्ति को निश्चित रूप से भ्रष्ट कर देंगे। द्वारका और यादवों के हित के लिए स्यमंतक मणि को राजकोष का हिस्सा बनना चाहिए और उससे प्राप्त स्वर्ण का उपयोग राज्य के विकास के लिए किया जाना चाहिए।" श्रीकृष्ण ने कहा।

"किंतु सत्राजित् से यह बात कहने का साहस कौन करेगा?"

श्रीकृष्ण ने कहा, "उनसे मैं बात करूँगा। वह मुझसे अशिष्टता से बात करेंगे तो भी मुझे कोई अंतर नहीं पड़ेगा। लोग अभी भी मुझे 'रणछोड़जी' कहते हैं, क्योंकि मैंने उस समय अपने लोगों के साथ मथुरा को छोड़कर जाने का निर्णय किया था, जब जरासंध नगर पर आक्रमण करने आया था। एक हारी हुई लड़ाई लड़ने और अपने लोगों के जीवन का बलिदान देने के बजाय मैंने युद्ध के मैदान से भागने का निर्णय किया था। ऐसा इसलिए, क्योंकि मैं अपनी प्रतिष्ठा से अधिक चिंता अपने लोगों के कल्याण की करता हूँ। यह उस स्थिति में सबसे अच्छा समाधान था। इसलिए मैं सत्राजित् की प्रतिक्रिया को लेकर चिंतित नहीं हूँ। राज्य की शांति और समृद्धि मेरी प्रतिष्ठा से कहीं अधिक महत्त्वपूर्ण है।"

अतः अगले दिन श्रीकृष्ण सत्राजित् के महल में गए। सत्राजित् ने उनका स्वागत किया; किंतु सोचने लगा कि कृष्ण उनसे मिलने क्यों आए थे?

श्रीकृष्ण ने खुले तौर पर मणि के बारे में बात की और अपने विचार साझा किए।

जब मणि राज्य को सौंप देने का सुझाव सामने आया तो सत्राजित् ने अस्वीकार कर दिया, "स्यमंतक मणि मेरे परिवार की संपत्ति है और यह मुझे सूर्य देवता से उपहार में मिली थी। मैं दिन में दो बार इस मणि की पूजा करता हूँ। इसे वहीं रहना चाहिए, जहाँ इसका असली स्थान है।" सत्राजित् ने कहा।

कृष्ण ने सत्राजित् को मणि का बड़ा उपयोग समझाने के लिए अपने आकर्षण और मोहक व्यक्तित्व का प्रयोग किया; किंतु कोई लाभ नहीं हुआ। इस निष्फल यात्रा के अंत में श्रीकृष्ण ने दृढ़ता से कहा, "एक दिन आएगा, जब स्यमंतक मणि आपके पास नहीं, बल्कि राज्य के पास होगी। वास्तव में, इसे मैं सुनिश्चित करूँगा।" इतना कहकर कृष्ण चले गए। किंतु उनके शब्दों ने सत्राजित् को चिंतित कर दिया।

सत्यभामा ने, जो छुपकर श्रीकृष्ण और अपने पिता के बीच की बातचीत सुन रही थीं, कृष्ण की पत्नी बनने की पूरी आशा खो दी और इतना रोईं, जितना पहले कभी नहीं रोई थीं। उनकी पत्नी बनने के बजाय अब वह कृष्ण के शत्रु की पुत्री बन गई थीं।

शीघ्र ही सत्राजित् और प्रसेनजित् ने अपनी अगली चाल की रणनीति बनानी शुरू कर दी।

"कृष्ण हमसे मणि लेने के लिए उत्कृष्ट चालें चलने में सक्षम हैं, वह भी तब, जब हमें उसकी आशा नहीं होगी। इसलिए हमें मणि को तत्काल छुपा देना चाहिए। सबसे अच्छा यह होगा कि हम इसे गहरे वन में किसी गुफा के अंदर छुपा दें।" सत्राजित् ने सुझाव दिया।

प्रसेनजित् ने सहमति में सिर हिला दिया।

"तुम कल प्रातः जल्दी प्रस्थान करना प्रसेनजित् और मणि अपने मित्र जांबवंत के पास ले जाना। तुम उसे अपनी गरदन में लोलक की तरह पहनकर अपने कपड़ों के नीचे छुपा लेना। एक बार जब पर्याप्त समय बीत जाएगा और घटना भुला दी जाएगी, तब हम मणि को पुनः प्राप्त कर लेंगे।" सत्राजित् ने निर्देश दिया।

योजना के अनुसार, प्रसेनजित् प्रातः अपने गंतव्य के लिए रवाना हो गया।

कुछ दिन बीत गए और प्रसेनजित् की ओर से कोई समाचार नहीं आया। सत्राजित् भाई के न लौटने से चिंतित हो गए। उन्होंने कुछ दिन और प्रतीक्षा की, किंतु प्रसेनजित् नहीं लौटा।

तब सत्राजित् ने नगर में एक अफवाह फैला दी।

'कृष्ण ने सत्राजित् से स्यमंतक मणि चुरा ली है। सत्राजित् के घर जाने के बाद उन्होंने धमकी दी थी कि किसी भी तरह से मणि उनसे ले लेंगे। अब मणि के साथ-साथ प्रसेनजित् भी लापता हो गया है और सत्राजित् दुःख में डूबे हुए हैं। कृष्ण मक्खन और घी चोरी करने के लिए कुख्यात हैं और एक वयस्क के रूप में वे एक अनुभवी चोर बन चुके हैं। इस चोरी के पीछे वही होंगे। कैसे व्यक्ति बन गए हैं वे!'

सरल विचारधारावाले लोगों ने जो सुना, उसे मान लिया और समाचार जंगल में आग की तरह फैल गया।

जब कृष्ण ने इसके बारे में सुना तो उन्होंने खुलेआम आरोपों को खारिज कर दिया, "यह समाचार बिल्कुल झूठा है। मैंने मणि नहीं चुराई है, न ही मैंने

प्रसेनजित् को देखा है; किंतु अब जबकि सत्राजित् का दावा है कि चोरी मैंने की है, तो मैं यहाँ से तुरंत चला जाऊँगा और तब तक नहीं लौटूँगा, जब तक मणि मिल नहीं जाती। तभी मैं अपने आप को निर्दोष सिद्ध कर पाऊँगा।"

सत्यभामा जानती थीं कि उनके चाचा वन में गए थे। जब उन्होंने कृष्ण की घोषणा सुनी तो सोचा, 'मुझे जाकर मणि ले आनी चाहिए और उसे कृष्ण को दे देनी चाहिए। शायद तब उन्हें मेरे प्रेम की गहराई का एहसास होगा और वे भी मुझे प्रेम करने लगेंगे।' वह इसके बारे में जितना अधिक सोच रही थी, उसे ऐसा करना उतना ही उचित लग रहा था। सो वह बिना किसी को बताए चुपचाप वन की ओर चली गई।

श्रीकृष्ण के सूत्रों ने उन्हें बताया कि प्रसेनजित् कृष्ण की यात्रा के बाद प्रातः बहुत जल्दी वन के लिए निकल गए थे। कृष्ण मूर्ख नहीं थे। उन्होंने तुरंत अनुमान लगा लिया कि प्रसेनजित् स्यमंतक मणि के साथ गया था। अतः उन्होंने स्वयं भी वन में जाने का निर्णय कर लिया।

घने वन में श्रीकृष्ण की भेंट सत्यभामा से हुई, यद्यपि वे जानते नहीं थे कि वह कौन थी। उन्हें वन में एक अकेली युवती को घूमते देख आश्चर्य हुआ।

"हे श्रीकृष्ण!" सत्यभामा ने उन्हें देखकर पुकारा, "मैं जानती हूँ कि आपने मणि नहीं चुराई है। मेरे पिता सत्राजित् ने मणि मेरे चाचा को राजा जांबवंत की सहायता से छुपाने के लिए दी थी। यदि आप उन्हें ढूँढ़ लेंगे तो आपको मणि भी मिल जाएगी। मैं यहाँ आपकी सहायता करने के लिए आई थी, किंतु मैं उन्हें अब तक ढूँढ़ नहीं पाई हूँ।"

कृष्ण को सत्यभामा का साहस अच्छा लगा। "किंतु तुमने अपने पिता की बजाय मेरी सहायता करने का चुनाव क्यों किया?"

"मैं आप पर एक चोर होने का आरोप लगते नहीं देख सकती थी!" सत्यभामा का स्वर भावना के अतिरेक से काँपने लगा।

कृष्ण मुसकराए और दोनों मिलकर वन में प्रसेनजित् को ढूँढ़ने लगे। कुछ समय बीतने पर उन्होंने भूमि पर फटे हुए वस्त्र और रास्ते पर कुछ निशान भी देखे। ऐसा लग रहा था, जैसे किसी को वहाँ से घसीटकर ले जाया गया था।

सत्यभामा ने वस्त्र के टुकड़ों को तुरंत पहचान लिया, "ओह, नहीं! ये तो

मेरे चाचाजी के वस्त्र हैं। मुझे याद है, उस दिन वन के लिए प्रस्थान करते समय उन्होंने यही वस्त्र पहने थे।"

थोड़ा और आगे जाकर उन्होंने अधखाया मानव शरीर, एक शेर का मृत शरीर, कुछ बचे हुए कपड़े के टुकड़े और सोने की एक जंजीर देखी। सत्यभामा वह दृश्य देखकर भयाक्रांत हो गई।

कृष्ण ने उसे सांत्वना दी, "स्पष्ट रूप से, प्रसेनजित् इस ओर आए थे और भूखे शेर का शिकार बन गए। बेचारे! उन्होंने ऐसा सोचा भी नहीं होगा; किंतु स्यमंतक मणि के साथ क्या हुआ? वह तो स्पष्ट रूप से शेर के किसी काम की नहीं थी।"

कृष्ण ने हीरे की खोज शुरू की ही थी कि उन्होंने उस स्थान से किसी पशु के पैरों के चिह्न देखे, जहाँ उन्हें वस्त्र मिले थे। कृष्ण और सत्यभामा ने उन चिह्नों का पीछा किया और जल्द ही स्वयं को एक गुफा के अंदर पाया। वे यह देखकर हैरान हो गए कि वहाँ एक शिशु पालने में लेटा था और पालने के ठीक ऊपर खूबसूरत स्यमंतक मणि लटक रही थी। पूरी गुफा मणि से निकल रहे दैवी प्रकाश से प्रकाशित हो रही थी। एक युवा आदिवासी कन्या पालने की बगल में बैठी उसे झुला रही थी। उसकी आँखें बंद थीं, जैसे वह अपनी ही दुनिया में खोई हुई थी।

तभी अचानक कहीं से एक विशाल भालू मानव प्रकट हो गया। इससे पहले कि कृष्ण कोई प्रतिक्रिया देते, भालू मानव ने उन पर आक्रमण कर दिया और वे लंबे समय तक लड़ते रहे। हालाँकि भालू मानव वृद्ध था, किंतु वह बहुत शक्तिशाली था और लंबे समय तक लड़ने के बाद ही वह पराजित होकर भूमि पर गिरा।

वृद्ध भालू मानव ने आश्चर्यचकित होकर मनुष्य के स्वर में कहा, "प्रभु श्रीराम के अतिरिक्त कोई मुझे कैसे पराजित कर सकता है? उन्होंने मुझसे वादा किया था कि वे किसी दिन मुझसे मिलने आएँगे।"

उसके शब्द सुनकर श्रीकृष्ण रहस्यमय तरीके से मुसकराए।

भालू मानव को अपनी भूल का एहसास हो गया। वह आगे आया और कृष्ण को कसकर गले लगा लिया—"कृपया मेरी अज्ञानता को क्षमा करें,

प्रभु! मैं भालू मानव जांबवंत हूँ, जिसने प्रभु श्रीराम के आपके अवतार में आपकी सेवा की थी। आपके साथ द्वंद्व युद्ध करने की मेरी बहुत इच्छा थी, किंतु आप उसके लिए तैयार नहीं हुए थे और आपने कहा था कि आप अपने अगले अवतार में ऐसा करेंगे। बहुत खेद है कि मुझे आपको पहचानने में इतना लंबा समय लगा।"

श्रीकृष्ण मुसकरा दिए और उसे अपनी यात्रा का उद्देश्य समझाया।

"मैंने एक सिंह के मुख में जंजीर से लटकी यह मणि देखी थी। मैं इस मणि पर मोहित हो गया था और इसे अपने पुत्र के लिए लाना चाहता था। इसलिए मैंने सिंह को मार डाला।" जांबवंत ने कहा, "आज से कृपया आप ही स्यमंतक मणि को अपनी सुरक्षा में रखें।"

फिर उसने अपनी सुंदर पुत्री का परिचय दिया, "यह जांबवती है, मेरी मातृहीन पुत्री। यदि आप इससे विवाह कर लेंगे तो यह मेरा सौभाग्य होगा। तब मैं वन में जाकर शांति से रह सकता हूँ।"

श्रीकृष्ण ने सहमति में सिर हिलाया और जांबवती से विवाह कर लिया, जिससे सत्यभामा दुःखी हो गईं, जो वहाँ केवल एक मूक दर्शक थीं, किंतु कृष्ण सत्यभामा की ओर मुड़े और बोले, "चिंता मत करो।"

जब श्रीकृष्ण मणि के साथ द्वारका लौटे, तब सत्राजित् ने श्रीकृष्ण से अपने व्यवहार के लिए क्षमा माँगी और उनके सामने अपनी पुत्री के साथ विवाह का प्रस्ताव रखा। कृष्ण पहले से ही अपने प्रति सत्यभामा की भक्ति से अवगत थे, सो उन्होंने प्रस्ताव स्वीकार कर लिया। इस प्रकार सत्यभामा भी कृष्ण की पत्नी बन गईं।

स्यमंतक मणि की यह कथा अकसर भाद्रपद मास के चौथे दिन सुनी जाती है, जो गणेश चतुर्थी का दिन भी होता है।

किंवदंती है कि ऐसे ही एक त्योहार के दिन गणेशजी ने इतना खा लिया कि वे मुश्किल से चल पा रहे थे। उन्हें एक पत्थर से ठोकर लगी और वे गिर पड़े। उनका पेट फट गया और सारे मीठे लड्डू बाहर आ गए। गणेशजी ने जल्दी से उन्हें अंदर डाला और अपने पेट के इर्द-गिर्द एक साँप बाँध लिया। उन्होंने इधर-उधर निगाह दौड़ाई कि कहीं उन्हें किसी ने देखा तो नहीं था, किंतु वहाँ

कोई नहीं था। उन्हें यह देखकर राहत महसूस हुई कि वहाँ उनका परिहास करने के लिए कोई नहीं था।

किंतु तभी उन्होंने एक खिलखिलाहट का स्वर सुना और फिर एक व्यंग्य सुना। उन्होंने ऊपर देखा तो चंद्रमा उन पर हँस रहे थे।

गणेश चंद्रमा के व्यवहार से बहुत क्षुब्ध हुए और बिना विचार किए उन्हें शाप दे दिया, "भाद्रपद के चौथे दिन जो भी तुम्हें देखेगा, वह झूठे आरोपों का पात्र बनेगा, विशेष रूप से चोरी के।"

चंद्रमा ने उनसे क्षमा माँगी।

तब गणेश ने कहा, "चिंता मत करो चंद्र, इस शाप से मुक्ति का एक उपाय है। जो भी स्यमंतक मणि की कथा सुनेगा, उस पर इस शाप का प्रभाव नहीं होगा।"

इसीलिए, जब हम भाद्रपद के चौथे दिन चंद्रमा को देखते हैं तो शाप से बचने के लिए अद्‌भुत स्यमंतक मणि की कथा सुनते हैं। हम यह भी मानते हैं कि श्रीकृष्ण ने चंद्रमा को देखा होगा, इसीलिए एक लघु अवधि के लिए उन पर मणि की चोरी का आरोप लगा था।

श्रीकृष्ण और उनके शत्रु

श्रीराम के विपरीत, जिनका केवल एक शत्रु था, श्रीकृष्ण के अनेक शत्रु थे। जब उनका जन्म हुआ था, तब उनके मामा उन्हें मार देना चाहते थे। बाद में उनके चचेरे भाई भी उनके विरुद्ध खड़े हो गए। श्रीकृष्ण ने अपने जीवन की वास्तविकताओं को स्वीकार कर लिया था; किंतु वे सदा धर्म के मार्ग पर चलते रहे। श्रीकृष्ण के कुछ शत्रु उन्हें वैसा बनाने के लिए उत्तरदायी हैं, जैसे वे आगे जाकर बने।

सृगाला वासुदेव

सृगाला वासुदेव या पौंड्रक वासुदेव, जो पौंड्र राज्य का राजा था, स्वयं को भगवान् विष्णु का अवतार समझता था और अवश्य श्रीकृष्ण की तरह वस्त्र पहनता था। वह सूर्य देव का परम भक्त था और उनके पूजन के माध्यम से एक असाधारण रथ और घोड़े प्राप्त किए थे। उसे इन वस्तुओं पर इतना गर्व था कि वह कृष्ण को नीची दृष्टि से देखता था, जिनके पास महाभारत का युद्ध आरंभ होने तक न तो घोड़े थे, न रथ था। पौंड्रक यह भी नहीं समझ पाता था कि इतने प्रयासों के पश्चात् भी वह कृष्ण जितना लोकप्रिय क्यों नहीं था।

उसकी भतीजी शैव्या अकसर उस पर व्यंग्य कसती थी, 'एक मुरगा कभी मोर नहीं बन सकता।' उसकी टिप्पणियाँ पौंड्रक को क्षुब्ध कर देती थीं। शैव्या भी कृष्ण को पूरे मन से प्रेम करती थी; किंतु अपने चाचा के कृष्ण के प्रति व्यवहार और दुर्भावना के कारण उसे उनसे विवाह होने की आशा नहीं थी।

एक दिन पौंड्रक वासुदेव ने अपनी उत्कृष्टता सिद्ध करने के लिए कृष्ण के विरुद्ध युद्ध छेड़ने का निश्चय किया। हालाँकि कृष्ण ने उसे आसानी से हरा दिया। इस प्रकार कृष्ण ने उसके रथ और घोड़ों का स्वामित्व प्राप्त किया, जो आगे जाकर उनके व्यक्तित्व का महत्त्वपूर्ण हिस्सा बने। रथ चार सफेद घोड़ों द्वारा खींचा जाता था और वे अपने प्रभु के मन को समझते थे। कृष्ण को अश्व विद्या या घोड़ों के मन को समझने की कला का ज्ञान था और वे उनकी ऐसे देखभाल करते थे, जैसे वे उनका हिस्सा हों। इसीलिए महाभारत में श्रीकृष्ण अर्जुन के लिए एक उत्कृष्ट सारथि बने। वे युद्ध में एकमात्र ऐसे सारथि थे, जो घोड़ों की आवश्यकताओं का व्यक्तिगत रूप से ध्यान रखते थे और प्रत्येक दिन के अंत में उन्हें करुणा प्रदान करते थे। वे भलीभाँति जानते थे कि कौरवों के विरुद्ध युद्ध में घोड़े बहुत महत्त्वपूर्ण थे।

बहुत समय बाद कृष्ण को शैव्या के अपने प्रति प्रेम का पता चला और उन्होंने उससे भी विवाह कर लिया।

कालयवन

मुचुकुंद, जो एक प्रसिद्ध राजा और महान् योद्धा थे, एक कुलीन परिवार और इक्ष्वाकु वंश से थे। उनके भाई अंबरीष और पिता मांधाता भी अपने आप में प्रसिद्ध हैं।

एक बार देवताओं और असुरों में भयंकर युद्ध हुआ। देवताओं को एक सेनापति की आवश्यकता थी और उनकी खोज के फलस्वरूप इंद्र मुचुकुंद के पास पहुँचे, "हे राजन! कृपया आकर हमारे सेनापति के रूप में कार्यभार सँभालें और हमारे लिए युद्ध करें।"

"यह मेरे लिए सम्मान की बात होगी, देवराज।" मुचुकुंद ने कहा और उस नई भूमिका से पूरे उत्साह के साथ जुड़ गए।

वे देवलोक में देवताओं के साथ शामिल हो गए और पूरे पराक्रम के साथ युद्ध किया। युद्ध के अंत में वे बहुत थक गए।

इंद्र ने उनसे कहा, "हे मुचुकुंद! हमारे वास्तविक सेनापति कार्तिकेय, जो

शिवजी और पार्वती के पुत्र हैं, आ गए हैं। आपने हमारी आवश्यकता के समय हमारी सहायता की है और वर्षों तक हमारी रक्षा की है। आपकी जो भी इच्छा हो, बताइए, मैं उसे पूरी करूँगा।"

मुचुकुंद को अपने परिवार और अपने राज्य की याद आई। वे युद्ध में इतने व्यस्त थे कि लंबे समय से उन्हें याद नहीं किया था। उन्होंने आशा और उत्साह के साथ इंद्र से कहा, "मैं अपने परिवार और अपनी प्रजा को देखने जाना चाहता हूँ। मैं उनके साथ समय बिताना चाहूँगा।"

इंद्र ने दुःखी होकर कहा, "हे मुचुकुंद! देवलोक का एक दिन पृथ्वी के एक दिन के बराबर नहीं होता। आपने देवलोक में हमारे साथ कई वर्ष बिताए हैं; किंतु यहाँ का एक दिन पृथ्वी के पूरे वर्ष के बराबर है। इसलिए पृथ्वी पर आपके परिवार या राज्य का कोई चिह्न नहीं है। मुझे आपको मोक्ष के अलावा कोई भी वरदान देने में प्रसन्नता होगी। यदि आपको मोक्ष ही चाहिए तो वह मेरे हाथ में नहीं है। ऐसा वरदान केवल भगवान् विष्णु दे सकते हैं; किंतु मैं आपकी और कोई भी इच्छा पूरी कर सकता हूँ।"

मुचुकुंद को यह जानकर बहुत दुःख हुआ कि पृथ्वी पर उनका कोई परिवार नहीं बचा था। अचानक उन्हें लगा कि वे शारीरिक व मानसिक रूप से थक गए हैं और उन्होंने इंद्र से अनुरोध किया, "तब तो मैं केवल सोना चाहता हूँ, देवराज इंद्र। कृपया मुझे शांति की नींद प्रदान करें।"

"यह तो बहुत छोटा सा अनुरोध है, राजन्। मैं वचन देता हूँ कि न केवल तुम पृथ्वी पर जाकर शांतिपूर्ण नींद का आनंद लोगे, बल्कि जो भी तुम्हें जगाएगा, वह तत्काल जलकर भस्म हो जाएगा।"

सो मुचुकुंद पृथ्वी पर जाकर एक पर्वत पर स्थित गुफा में चैन की नींद सो गए—बिना किसी बाधा के, और इस प्रकार वर्षों बीत गए।

इस बीच कालयवन नाम के एक क्रूर असुर राजा, जो यादवों को नापसंद करता था, ने बारह वर्षों तक भगवान् शिव की तपस्या की और यह वरदान प्राप्त किया कि उसे कोई यादव नहीं मार पाएगा।

जब मगध साम्राज्य के राजा जरासंध को कालयवन के वरदान के बारे में पता चला तो वह बहुत प्रसन्न हो गया। उसे ऐसे ही अवसर की खोज थी। उसकी

दो बेटियाँ थीं—अस्ति और प्राप्ति, जो मथुरा के राजा कंस को ब्याही थीं और अब विधवाएँ थीं। कृष्ण द्वारा कंस की हत्या किए जाने के बाद वे जरासंध के साथ रहने आ गई थीं और उसे लगातार प्रतिशोध के लिए प्रोत्साहित करती रहती थीं। अब उसे अवसर मिल गया था।

जरासंध ने कालयवन से हाथ मिला लिया और उसे संयुक्त सेना का सेनापति घोषित करते हुए मथुरा पर आक्रमण करने और कृष्ण तथा अन्य यादवों की हत्या करने का निर्देश दिया।

जब श्रीकृष्ण को अपने गुप्तचरों से इस योजना का पता चला तो वे जानते थे कि अपनी वर्तमान सेना के साथ वे अपने लोगों की सुरक्षा नहीं कर पाएँगे। इसलिए उन्होंने अपनी प्रजा को राज्य से पश्चिम दिशा में जाने के लिए आश्वस्त कर लिया। उन्होंने देवताओं के शिल्पकार विश्वकर्मा को बुलाया और उन्हें अपनी प्रजा के लिए ऐसे नगर का निर्माण करने को कहा, जो उन्हें चारों ओर से सुरक्षा प्रदान करे। इस प्रकार, समुद्र के किनारे द्वारका शहर का निर्माण हुआ।

जब समय आया तो मथुरा खाली कर दी गई और अकेले कृष्ण वहाँ रह गए। वे नहीं चाहते थे कि कालयवन को नए नगर के बारे में पता चले या वह उनकी प्रजा को क्षति पहुँचाए, इसलिए उन्होंने मथुरा में ही रुककर उसे भ्रमित कर दिया।

जैसा कि उनका अनुमान था, कालयवन अपनी सेना के साथ मथुरा आ पहुँचा। जब उसने नगर को लोगों से रिक्त देखा तो वह क्रोधित हो गया, "इस नगर को जलाकर राख कर दो!" उसने अपनी सेना को आदेश दिया।

उसके एक गुप्तचर ने सूचना दी, "महाराज, हमने नगर में एक साँवले युवक को घूमते देखा है। उसने राजाओं की तरह वस्त्र पहने हैं और वह अकसर मुसकराता रहता है।"

कालयवन समझ गया कि यह कोई और नहीं, बल्कि कृष्ण थे।

"वह कृष्ण है! मैं उसे नष्ट कर दूँगा!" वह गरजा, "मैं उसे ढूँढ़ लूँगा और अपने इन्हीं हाथों से उसे मार डालूँगा!" क्रोध से भरा कालयवन तुरंत ही श्रीकृष्ण को ढूँढ़ने निकल पड़ा।

जैसे ही कालयवन की दृष्टि कृष्ण पर पड़ी, कृष्ण ने दौड़ना शुरू कर दिया। कालयवन ने उनका पीछा किया; किंतु एक उत्कृष्ट योद्धा होने के बाद

भी उसका विशाल शरीर कृष्ण की फुरती की बराबरी नहीं कर पा रहा था। तब उन्होंने अपनी अपनी गति धीमी कर दी और जब ऐसा लगने लगा कि कालयवन उन्हें पकड़ लेगा, उन्होंने अपनी गति बढ़ा दी और दूर भाग गए। इस प्रकार कृष्ण ने कई बार पकड़े जाने का यह भ्रम पैदा किया, जब तक कि कालयवन बुरी तरह थक नहीं गया।

तभी कृष्ण एक पर्वत के पास पहुँचे और उस पर चढ़ना आरंभ कर दिया। कालयवन भी पीछे-पीछे चढ़ने लगा। कुछ ही देर बाद कृष्ण ने एक गुफा देखी और तेजी से उसमें प्रवेश कर गए। कालयवन भी उनके पीछे उस गहरी गुफा में घुस गया। कुछ पल बाद उसने गुफा के एक कोने में एक लेटी हुई आकृति देखी, जो सिर से पाँव तक एक चादर से ढकी थी।

"ओ कृष्ण! मैंने तुम्हें देख लिया है! अब मैं तुम्हें पकड़कर महाराज जरासंध को उपहार में दे दूँगा।" कालयवन ने हँसते हुए कहा। उसने आकृति को जोर से लात मारी, किंतु उसमें कोई हलचल नहीं हुई। फिर कालयवन ने चादर खींच ली। उसे यह देखकर आश्चर्य हुआ कि सामने लंबी सी दाढ़ीवाला एक दुबला-पतला वृद्ध सोया था। वृद्ध धीरे से खड़ा हुआ और अनियंत्रित क्रोध के साथ कालयवन को घूरने लगा। उसकी नींद में किसने बाधा डाली थी! वृद्ध व्यक्ति की तीक्ष्ण दृष्टि ने कालयवन को भस्म कर दिया। वह वृद्ध और कोई नहीं, बल्कि मुचुकुंद थे।

मुचुकुंद मुड़े तो उन्होंने अपने पास कृष्ण को देखा, जो अँधेरे में छुपे हुए थे। मुचुकुंद की दृष्टि ने कृष्ण को उन्हें विष्णु के रूप में दिखाया। मुचुकुंद ने कहा, "हे प्रभु! मैं आपको देखकर सच में धन्य हुआ। मैं अकेले रहकर थक चुका हूँ। कृपया मुझे मोक्ष प्रदान करें, क्योंकि ऐसा करने की शक्ति केवल आपके पास है।"

कृष्ण ने मुसकराकर उन्हें आशीर्वाद दिया, "पृथ्वी पर अभी भी तुम्हारा कुछ समय शेष है, राजन्। प्रार्थना करो और तुम्हें मोक्ष प्राप्त हो जाएगा।"

मुचुकुंद ने सिर हिलाया और हिमालय पर जाकर तपस्या करने का निर्णय ले लिया।

वह स्थान, जहाँ मुचुकुंद प्रभु श्रीकृष्ण से मिले थे, गुजरात में गिरनार पर्वत पर स्थित है। द्वारका एक तटीय शहर था, जो अभी भी है; किंतु अब पानी में डूब चुका है।

पाञ्चजन्य

श्रीकृष्ण और बलराम गोकुल एवं वृंदावन में ग्वालों के रूप में और बिना किसी औपचारिक शिक्षा के बड़े हुए थे। दोनों बालक तेज-तर्रार, साहसी और अच्छे रणनीतिकार थे।

जब वे मथुरा आए, कंस का वध किया, अपने माता-पिता से दोबारा मिले और उन्हें पता चला कि वे राजपरिवार से थे तो परिवार के कुछ बुजुर्गों ने जोर देकर कहा कि बालकों को उनकी राजकीय स्थिति के अनुरूप औपचारिक शिक्षा दी जानी चाहिए। सो उन्हें शिक्षा ग्रहण करने के लिए गुरु संदीपनी के आश्रम में भेजा गया।

आश्रम में दोनों बालकों की सुदामा नाम के एक ब्राह्मण बालक से अच्छी मित्रता हो गई और तीनों बालकों ने साथ में शीघ्र ही अपनी शिक्षा पूरी कर ली। एक तेज बालक होने के नाते श्रीकृष्ण ने महसूस किया कि गुरु और उनकी पत्नी के हृदय में भारी उदासी है।

जब उनका गुरु से विदा लेने का समय आया तो कृष्ण ने पूछा, "गुरुवर, आपने हमें इतने कम समय में इतना सिखाया है। हम इसके लिए आपके आभारी हैं और आपको गुरुदक्षिणा देना चाहते हैं। कृपया हमें बताएँ कि हम आपके लिए क्या कर सकते हैं?"

गुरु संदीपनी ने स्नेह से कहा, "आप जैसे बालकों को पढ़ाना मेरे लिए सम्मान कि बात थी। आपके माता-पिता मेरा और मेरे परिवार का ध्यान रखेंगे। मुझे आपसे कुछ भी नहीं चाहिए।"

"किंतु मैंने देखा है कि आप और गुरुमाता हमेशा उदास रहते हैं। मुझे पता नहीं की क्यों, किंतु क्या कोई रास्ता है, जिससे मैं आपकी उदासी कुछ दूर कर सकूँ? क्या मैं इस विषय में आप दोनों की कोई सहायता कर सकता हूँ?" कृष्ण ने जोर देकर पूछा।

गुरुमाता फूट-फूटकर रोने लगीं। फिर स्वयं को सँभालने के बाद उन्होंने कहा, "प्रभास तीर्थ के समुद्र-तट पर टहलते समय हमारे एकमात्र पुत्र का पंचजन

कबीले के मुखिया ने अपहरण कर लिया था। हम अपने पुत्र को वापस पाने में असफल रहे और यही वह दुःख है, जो तुम हमारे भीतर देख रहे हो। क्या तुम हमारी सहायता कर पाओगे? मैं इससे अच्छी गुरुदक्षिणा के बारे में नहीं सोच सकती।"

"मैं उसे वापस ले आऊँगा, गुरुमाता। मैं आपको वचन देता हूँ।" कृष्ण ने आत्मविश्वास के साथ कहा।

कृष्ण और बलराम प्रभासतीर्थ गए और अधिक-से-अधिक जानकारी एकत्रित करने में लग गए। उन्हें पता चला कि पंचजन कबीले का मुखिया शकासुर नाम का एक असुर था, जो समुद्र के भीतर रहता था। कभी-कभी वह अपने निवास से निकलकर धरती पर लोगों को कष्ट पहुँचाने के लिए आता था। वह उन्हें पकड़कर कैद कर लेता था और दासों की तरह काम करने पर विवश कर देता था।

कृष्ण और बलराम ने शकासुर से युद्ध करने का निश्चय किया और उसकी खोज में गहरे समुद्र में कूद गए। जब शकासुर ने उन्हें आते देखा तो उसे यह सोचकर बहुत प्रसन्नता हुई कि बिना ढूँढ़े उसे काम करने के लिए दो और दास मिल गए थे।

श्रीकृष्ण ने शकासुर के आसपास कई बालक देखे और वे समझ गए कि उनके गुरु का पुत्र भी उन्हीं के बीच होगा। उन्होंने यह भी देखा कि शकासुर के पास एक आकर्षक शंख था।

कृष्ण तैरते हुए सीधे शकासुर के सामने आ गए, "इन बालकों को मुक्त कर दो!" उन्होंने आदेश दिया।

जैसा कि श्रीकृष्ण का अनुमान था, शकासुर ने अपने सैनिकों को आज्ञा दी, "इन दोनों किशोरों को पकड़ लो।"

और बस, ऐसे ही युद्ध आरंभ हो गया था। दोनों भाइयों ने शकासुर को आसानी से हरा दिया और आत्मसमर्पण करने पर विवश कर दिया।

"मुझे वचन दो कि तुम अब कभी किसी का अपहरण नहीं करोगे।" कृष्ण ने आदेश दिया।

शकासुर ने सिर झुकाकर कहा, "नहीं करूँगा, प्रभु, मैं वचन देता हूँ। कृपया

मुझे क्षमा कर दें।"

शकासुर ने बालकों को मुक्त कर दिया और अपना शंख श्रीकृष्ण को उपहार-स्वरूप दे दिया।

"पूरा संसार आपके कबीले और आपके वचन को याद रखेगा। आज से मैं इस शंख को 'पाञ्चजन्य' कहूँगा और इसे अपने शत्रुओं को यह संकेत देने के लिए बजाऊँगा कि मैं हमेशा धर्म की रक्षा करूँगा। यह मेरे शत्रुओं के लिए एक संकेत होगा कि उनका अंत निकट है। शंख का स्वर मेरे मित्रों को भी आश्वस्त करेगा कि मैं सदैव उनके साथ हूँ।"

जब उन्होंने अपने गुरु को उनका पुत्र लौटाया तो संदीपनी के पास कोई शब्द नहीं थे। "काश, हर गुरु के पास तुम्हारे जैसा शिष्य हो!" उन्होंने कहा, "मैं चाहता हूँ कि मुझे प्रभु के शिक्षक के रूप में याद किया जाए, भले ही मैं बहुत लघु अवधि के लिए आपका गुरु था।"

कृष्ण रुक्मिणी के स्वयंवर के समय शंख फूँकने के लिए प्रसिद्ध हैं। रुक्मिणी श्रीकृष्ण से प्रेम करती थीं और उनके साथ विवाह करना चाहती थीं। हालाँकि कृष्ण ने चुपचाप भाग जाने से स्पष्ट मना कर दिया था।

"मैं चाहता हूँ कि पूरे संसार को पता चले कि मैं तुम्हें तुम्हारी स्वीकृति के साथ ले जा रहा हूँ, रुक्मिणी।" उन्होंने कहा। और शंख फूँकने के बाद ही उसे अपने साथ ले गए।

मुर

मुर एक शक्तिशाली असुर था, जिसे ब्रह्मा से वरदान प्राप्त था कि यदि वह युद्ध के दौरान किसी का स्पर्श करेगा तो वह व्यक्ति—नश्वर हो या अमर—तुरंत मृत्यु को प्राप्त हो जाएगा।

मुर नरकासुर का अभिन्न मित्र भी था, जिसकी वह कृष्ण के विरुद्ध युद्ध में सदैव सहायता करता था। मुर के दो पुत्र थे और वे एक साथ मिलकर नरकासुर की राजधानी की सुरक्षा करते थे। वहाँ प्रवेश करनेवाला कोई भी व्यक्ति निर्दयतापूर्वक मारा जाता था।

ब्रह्माजी के विशेष वरदान के साथ मुर और उसके पुत्र इंद्र सहित कई देवताओं से नगर की रक्षा करने में सक्षम थे और उन्होंने कई साम्राज्यों पर आक्रमण भी किया। मुर ने यम के नगर पर भी आक्रमण किया और मृत्यु के देवता अपने भैंसे पर बैठकर नगर छोड़कर भाग खड़े हुए।

अब कृष्ण समझ गए कि उन्हें हस्तक्षेप करना पड़ेगा। उन्होंने मुर को संदेश भेजा कि वह समुद्र-तट पर उसकी प्रतीक्षा कर रहे थे।

अंततः जब मुर पहुँचा तो श्रीकृष्ण ने कोमलता से कहा, "मुझे बताओ मुर, तुम क्या चाहते हो ? तुम हर जगह उपद्रव क्यों मचा रहे हो ?"

"मुझे युद्ध करना पसंद है, कृष्ण। यदि आप युद्ध के लिए तैयार हैं तो आइए, हम एक-दूसरे से लड़ते हैं, अन्यथा कृपया मेरा समय नष्ट न करें।" असुर ने उत्तर दिया।

कृष्ण ने भयभीत होने का नाटक करते हुए कहा, "किंतु मुझे डर लग रहा है, मुर। मैं एक ऐसे असुर से कैसे लड़ सकता हूँ, जिसने यम और इंद्र जैसे देवों को पराजित कर दिया है ? मेरा हृदय तेजी से धड़क रहा है। क्या तुम भी भयभीत हो ?"

"बिल्कुल नहीं।" मुर ने तुरंत उत्तर दिया।

कृष्ण ने कहा, "किंतु मुझे आभास हो रहा है। तुम्हारा हृदय स्पष्ट रूप से काँप रहा है।"

मुर ने कहा, "नहीं काँप रहा है !" और देखने के लिए अपना हाथ अपने हृदय पर रखा। ब्रह्मा के दिए वरदान ने अपना काम कर दिया और इससे पहले कि मुर समझ पाता कि उसने क्या किया था, वह मृत होकर कृष्ण के चरणों में गिर पड़ा।

उस दिन से कृष्ण को 'मुरारि' के नाम से भी जाना जाने लगा।

नरकासुर

नरकासुर हिरण्याक्ष का पुत्र और एक विशाल साम्राज्य एवं अपार शक्ति वाला शक्तिशाली असुर था। उसके राज्य की राजधानी प्राग्ज्योतिषपुर (आज की गुवाहाटी) थी। उसके पास 'वैष्णवास्त्र' नाम का एक विशेष अस्त्र था और वह उसे राजाओं, साधारण लोगों, देवताओं और अपनी प्रजा के विरुद्ध प्रयोग करता

था। वह इंद्र को हराने के लिए कुख्यात था। उसने इंद्र का राजकीय सामान और उनकी माँ अदिति की बालियाँ छीन ली थीं।

एक सम्मानित ज्योतिषी ने एक बार नरकासुर से कहा, "यदि आप 16,000 कन्याओं को कैद कर लेंगे तो आप अजेय हो जाएँगे।"

इस भविष्यवाणी को सुनकर नरकासुर ने तुरंत कन्याओं का अपहरण करके उन्हें कैद करना आरंभ कर दिया। जो कोई भी उसके रास्ते में आता, उसे निर्दयतापूर्वक मार दिया जाता था।

इंद्र स्वयं को असहाय महसूस कर रहे थे और जानते थे कि यदि उन्होंने कुछ नहीं किया तो आकाश व पृथ्वी पर एक और विनाशकारी आक्रमण होगा। सो वे कृष्ण के पास गए और उनसे सहायता माँगी।

कृष्ण सहायता करने के लिए सहमत हो गए और उनकी पत्नी सत्यभामा भी उनके साथ आ गईं। कृष्ण अपने वाहन गरुड पर सवार होकर प्राग्ज्योतिषपुर गए और शंखनाद किया—असहाय लोगों को अपनी उपस्थिति की घोषणा करने के लिए और अपने शत्रुओं के विरुद्ध युद्ध घोषित करने के लिए।

नरकासुर ने कृष्ण से लड़ने के लिए कई सेनापतियों को भेजा, किंतु वे सभी असफल रहे। कृष्ण ने मुर समेत सभी को पराजित कर डाला।

अंत में नरकासुर ने स्वयं कृष्ण से लड़ने का निर्णय किया। चारों ओर युद्ध के जारी रहते दोनों एक-दूसरे के सामने आ गए। उनका निर्णायक युद्ध भयंकर था। अंत में सत्यभामा ने धनुष व बाण का उपयोग करके नरकासुर को घायल कर दिया और कृष्ण ने इस अवसर का लाभ उठाकर उसे मार दिया। नरकासुर को हराने के लिए उन्हें अपने सभी अस्त्रों का उपयोग करना पड़ा। यह एकमात्र अवतार हैं, जहाँ कृष्ण ने अपने हथियारों के साथ-साथ विष्णु के हथियारों का भी उपयोग किया था। उन्होंने सुदर्शन चक्र (जिसे उन्होंने विश्वकर्मा से प्राप्त किया था), पाञ्चजन्य (जो उन्होंने पंचजन कबीले से प्राप्त किया), कौमोदिकी गदा, नंदक नामक खड्ग और अपने धनुष शाङ्र्ग का उपयोग किया था।

जब कृष्ण ने नरकासुर के प्राण लिये तो उसके रक्त के कुछ छींटे कृष्ण के शरीर पर भी पड़ गए।

नरकासुर का पुत्र भगदत्त दौड़कर अपने पिता के पास आया। जब कृष्ण ने

उसे देखा तो उन्होंने कहा, "मैं तुमसे शत्रुता नहीं करना चाहता, भगदत्त और मैं तुम्हारा राज्य भी नहीं चाहता हूँ। मैंने तुम्हारे पिता को केवल इसलिए मारा कि वे अपने आसपास के सभी लोगों पर अत्याचार कर रहे थे। अपने पिता के पदचिह्नों पर मत चलना। मुझे आशा है कि तुम न्यायपूर्ण ढंग से राज्य करोगे और एक अच्छा जीवन बिताओगे।"

भगदत्त ने, जो अपने पिता की मृत्यु के दुःख से भरा था, श्रीकृष्ण के शब्दों की सच्चाई को समझते हुए सहमति में सिर हिला दिया।

कृष्ण ने कहा, "कृपया सभी बंदी कन्याओं को मुक्त कर दो।"

भगदत्त ने अपने सैनिकों को बंदी कन्याओं को छोड़ने का आदेश दिया।

जब कन्याओं ने श्रीकृष्ण को देखा तो उन्होंने कहा कि वे द्वारका में रहना चाहती थीं, ताकि वे हमेशा अपने उद्धारकर्ता के निकट रह सकें। कृष्ण आसानी से तैयार हो गए। इसीलिए उन्हें 16,000 कन्याओं का संरक्षक भी माना जाता है।

भगदत्त ने इंद्र की माँ अदिति की बालियाँ और इंद्र की राजकीय वस्तुएँ वापस कर दीं। उसने इंद्र को पारिजात नामक एक दैवी पुष्प का पौधा भी भेंट किया।

एक लंबे दिन के अंत में कृष्ण ने अपने शरीर पर लगे रक्त को हटाने के लिए तैल स्नान किया।

बाद में श्रीकृष्ण सत्यभामा के साथ द्वारका लौट आए और शहर के नागरिक उत्साह से भर गए। वह अमावस्या (अँधेरी रात) का चौदहवाँ दिन था। भगवान् का स्वागत करने के प्रयास में लोगों ने अपने घरों को साफ किया, बेकार सामान फेंक दिए, अपने घरों में सफेदी की और प्रातःकाल में दीपक जलाए।

आज हम इस उत्सव को दीपावली के रूप में मनाते हैं। द्वारका के नागरिकों की तरह हम दीपावली से पहले अपने घरों को साफ करते हैं और उन चीजों से छुटकारा पा लेते हैं, जिनकी हमें आवश्यकता नहीं होती। हम अपने शरीर और आत्मा की सफाई को इंगित करने के लिए तेल स्नान करते हैं। यह त्योहार नरकासुर के विरुद्ध युद्ध जीतकर लौटे भगवान् श्रीकृष्ण के स्वागत का प्रतीक है और इस उत्सव के पीछे की कई कथाओं में से एक है।

एक दृष्टिहीन दादी के आभास

प्रद्युम्न श्रीकृष्ण और रुक्मिणी के ज्येष्ठ पुत्र थे।

संबासुर एक शक्तिशाली असुर राजा था। उसकी एक दृष्टिहीन दादी थीं, जो मन में अतीत और भविष्य के दृश्य देख सकती थीं। वे जानती थीं कि संबासुर कृष्ण को हानि पहुँचाने के अवसर ढूँढ़ रहा था।

एक दिन उन्होंने उससे कहा, "पुत्र, श्रीकृष्ण से लड़ाई मत करो। यदि तुम इसी राह पर चलते रहे तो अपने परिवार का और अपना जीवन खो बैठोगे।"

"किंतु इस संसार में कोई नहीं है, जो मुझे मार सके। आप मुझे बताइए, कौन है, जो ऐसा कर सकता है?" संबासुर ने गर्वीले स्वर में उनसे पूछा।

"तुम कृष्ण के पुत्र के हाथों मारे जाओगे।" दादी ने दुःख के साथ कहा।

संबासुर जानता था कि उसकी दादी के शब्द सच हो सकते थे। सो उसने प्रद्युम्न की हत्या करने की योजना बनाई।

शीघ्र ही उसने कुछ भयंकर राक्षसों को बालक का अपहरण करके उसकी हत्या करने के लिए भेजा, किंतु उनमें से किसी को सफलता नहीं मिली।

अंत में, उसने स्वयं जाने का निर्णय लिया। वह द्वारका गया और अपनी मायावी विद्या से नारी का रूप धरकर कृष्ण के महल में प्रवेश किया।

कुछ ही मिनटों में उसने प्रद्युम्न को उठा लिया, जबकि वह रुक्मिणी की बगल में बैठा था, और उसे लेकर आकाश में उड़ गया। ऊपर आकाश में उसे लगा कि वह आसानी से बालक को समुद्र में गिराकर उसे डूबने दे सकता था, अतः उसने बालक को पूरी शक्ति से नीचे फेंक दिया और अपने राज्य में लौट आया।

अपने महल में लौटकर संबासुर ने अपनी दादी से कहा, "आपका आभास

इस बार असत्य था। मैंने प्रद्युम्न को मार दिया है और अब कोई मुझे हानि नहीं पहुँचा सकता। मैं अमर हूँ।"

दादी को अपनी मानसिक दृष्टि पर पूरा विश्वास था। उन्होंने कहा, "मुझे ऐसा नहीं लगता, पुत्र। मैंने प्रद्युम्न को तुम्हारे साथ छेड़छाड़ करते देखा है, किंतु वह मात्र एक दृश्य था और मैंने जो कुछ देखा, वह मुझे समझ में नहीं आया।"

"ओह दादी, अब आप बूढ़ी हो चुकी हैं और आपकी दृष्टि आपको धोखा दे रही है। हो सकता है, जो आपको दिख रहा हो, वह वास्तव में वैसा न हो!" संबासुर ने अहंकार के साथ कहा और अपना हाथ हिलाकर उनकी बात को अस्वीकार कर दिया।

इस बीच आकाश से गिरे बालक को समुद्र में एक मछली ने निगल लिया था। जब मछली बड़ी हो गई तो कुछ मछुआरों ने उसे पकड़ लिया। वह इतनी बड़ी थी कि मछुआरों ने उसे राजा के पास ले जाने का निर्णय किया। उन्होंने एक-दूसरे से कहा, "हम साधारण लोग हैं और इसे सँभाल नहीं सकते। यह मछली असाधारण प्रतीत होती है। हमें इसे महाराज संबासुर को देना चाहिए। शायद वे हमें हमारी खोज के लिए हमें पुरस्कार दे दें।"

जब मछुआरों ने राजा को वह विशाल मछली प्रस्तुत की तो संबासुर प्रसन्न हो गया और उन्हें सोने के सिक्कों का पुरस्कार दिया।

रानी मायावती ने मछली राजकीय रसोइए को भेज दी। रसोइया और उसकी पत्नी कई वर्षों से एक संतान के लिए तरस रहे थे। बाणावती भगवान् विष्णु की गुप्त भक्त थी। जब उसने वह विशाल मछली देखी तो अपने पति से कहा, "आइए, हम मछली को सावधानीपूर्वक काटते हैं। मुझे लगता है, इसके भीतर कुछ है—शायद स्वर्ण या जवाहरात, अन्यथा एक मछली के इस आकार व भार का होने का और कोई कारण नहीं हो सकता।"

जब उन दोनों ने मछली को काटा तो उन्हें उसके पेट के भीतर एक स्वस्थ शिशु मिला। बाणावती ने इसे एक दैवी संकेत समझा—भगवान् ने उसके लिए यह शिशु भेजा था और उसने तुरंत उसे अपने पुत्र के रूप में अपना लिया।

कुछ दिनों बाद वह बालक को संबासुर के पास ले गई और उसके लिए आशीर्वाद माँगा, बिना यह बताए कि उसे वह बालक कहाँ मिला था। सच्चाई

से अनभिज्ञ संबासुर ने आशीर्वाद दिया और बच्चे का नाम 'प्रद्युम्न' रख दिया।

दरबार में किसी ने पूछा, "आपने इसे यह नाम क्यों दिया?"

"बालक प्रद्युम्न की हत्या के साथ मैंने कृष्ण पर अपनी विजय स्थापित कर दी है। मैं इस बालक का नाम अपनी विजय की स्मृति के रूप में 'प्रद्युम्न' रखना चाहता हूँ।"

बाणावती प्रद्युम्न को अपने पुत्र की तरह प्रेम करती थी और इस प्रकार प्रद्युम्न अपने शत्रु के घर में बड़ा हुआ। मायावी विद्या के ज्ञान के कारण वह सामान्य से तेज गति से एक सुंदर नवयुवक के रूप में बड़ा हुआ। उसमें प्रेम के देवता मन्मथ के साथ एक अलौकिक समानता थी, जो शिव के क्रोध के परिणामस्वरूप मारे गए थे। तब उनकी पत्नी रति शोकाकुल हो गई थीं, विष्णु को उनके लिए खेद हुआ था और उन्होंने कहा था, "रोइए मत, देवी रति। आपके पति द्वापर युग में द्वारका नगर में एक मानव के रूप में पुनः जन्म लेंगे और उनका नाम 'प्रद्युम्न' होगा। आपको भी एक दूसरे रूप में पुनः जन्म लेना होगा, ताकि आप उनसे दोबारा विवाह कर सकें।"

इस प्रकार, रति का जन्म रुक्मी की बेटी के रूप में हुआ था, जो रुक्मिणी के भाई थे। इस जन्म में रति का नाम 'रुक्मावती' था।

समय के साथ प्रद्युम्न अपनी पहचान और अपने जन्म के उद्देश्य के बारे में अधिक जागरूक होते गए। उन्होंने संबासुर के विरुद्ध एक भयंकर युद्ध लड़ा, उसे अपने अद्वितीय अस्त्र 'वैष्णवास्त्र' से मार डाला और द्वारका वापस लौट आए। वह श्रीकृष्ण के साथ निरंतर थे और सभी उन्हें प्रेम करते थे। आगे जाकर उन्होंने रुक्मावती से विवाह किया, जिसने उनके पुत्र अनिरुद्ध को जन्म दिया।

स्वप्न में आता दूल्हा

राजा बलि का पुत्र बाणासुर एक शक्तिशाली असुर था, जो एक विशाल राज्य पर शासन करता था। वह भगवान् शिव और देवी पार्वती का महान् भक्त था। एक लंबी तपस्या के अंत में शिवजी प्रकट हुए और बाणासुर से पूछा कि उनकी सबसे बड़ी इच्छा क्या थी?

बाणासुर ने कहा, "हे प्रभु! मैं सहस्त्र भुजाएँ चाहता हूँ, ताकि जब आप तांडव नृत्य करें तो मैं मृदंग बजा सकूँ और साथ ही सभी युद्धों में विजय प्राप्त करूँ।"

शिव ने मुसकराकर सहमति में सिर हिला दिया।

बाणासुर ने संतुष्ट होकर अपने मन में सोचा, 'मेरी सहस्त्र भुजाओं और युद्ध जीतने की क्षमता के साथ कोई भी मेरे विरुद्ध खड़ा नहीं हो सकता। मैं अपराजेय हूँ।"

शिवजी ने बाणासुर को एक ध्वजा स्तंभ दिया, जिसके शीर्ष पर आग जल रही थी।

"जब यह नष्ट हो जाएगा तो वह तुम्हारे शासन के अंत का संकेत होगा।" उन्होंने चेतावनी दी।

बाणासुर शीघ्र ही अनियंत्रित हो गया और अपने रास्ते में आनेवाली हर वस्तु को नष्ट करने लगा। वह बाण चलाने के लिए अपनी सहस्त्र भुजाओं का उपयोग करने लगा और इस प्रकार उसने यह सुनिश्चित किया कि जो भी उसके सामने खड़े होने का साहस करेगा, उसके लिए वह एक दुर्जेय प्रतिद्वंद्वी होगा। देवता भविष्य को लेकर चिंतित हो गए।

इस बीच बाणासुर शीघ्र ही अपनी असीमित शक्ति से सभी युद्ध जीतते हुए

ऊब गया। इसलिए वह वापस शिवजी के पास जाकर उनसे प्रार्थना करने लगा। अभिमानी बाणासुर ने कहा, "हे प्रभु! निर्बल पुरुषों से लड़ने में कोई आनंद नहीं है। मैं इंद्र से युद्ध नहीं करना चाहता, जो आपके पास दौड़ते हुए आएँगे; और पृथ्वी पर ऐसा कोई मनुष्य नहीं है, जो मेरा सामना कर सके। कृपया मुझे किसी ऐसे व्यक्ति के साथ युद्ध करने का अवसर दें, जो मेरी बराबरी का हो।"

शिव ने सिर हिला दिया।

समय बीतता गया और बाणासुर प्रतिदिन ध्वजा को देखकर उसमें बदलाव की प्रतीक्षा करने लगा; किंतु उसे कोई बदलाव नहीं दिखा।

बाणासुर की उषा नाम की पुत्री थी, जो देवी पार्वती की भक्त थी। वह इतनी सुंदर थी कि पूरा संसार उसके बारे में बात करता था।

समय आने पर बाणासुर ने अपनी पुत्री उषा के लिए स्वयंवर आयोजित करने का निर्णय लिया और देवी पार्वती से प्रार्थना भी की, "हे देवी! कृपया सुनिश्चित करें कि मेरी पुत्री उषा को एक योग्य वर मिल जाए।"

स्वयंवर से पहले बाणासुर ने दोहरे उद्देश्य से एक घोषणा की, "यहाँ कुछ अस्त्र-शस्त्र रखे हैं, जिनका उपयोग ध्वजा-स्तंभ को काटने के लिए करना होगा। जो भी ऐसा करेगा, उसका विवाह मेरी पुत्री उषा से होगा।" चतुर बाणासुर जानता था कि ध्वजा-स्तंभ कटने से वह वांछित युद्ध प्राप्त कर लेगा।

स्वयंवर के दिन उषा ने आमंत्रित राजकुमारों को देखा और हृदय से देवी पार्वती से प्रार्थना की, 'हे माँ! मैं एक आकर्षक पुरुष और एक अच्छा पति चाहती हूँ, जो मुझसे प्रेम करे। मैं ऐसा व्यक्ति नहीं चाहती, जो केवल ध्वजा काटने में सफलता प्राप्त करे।'

देवी ने उषा को उसकी हार्दिक इच्छा पूरी होने का वरदान दिया और जैसा कि भाग्य का खेल रचा गया था, कोई भी पात्र कार्य पूरा करने में सफल नहीं हुआ।

बाणासुर इस परिणाम से इतना क्षुब्ध हो गया कि इस बात को लगभग भूलते हुए कि उसकी इस काररवाई का परिणाम क्या हो सकता था, स्वयं ध्वजा-स्तंभ काटने को तैयार हो गया।

उसी रात उषा ने एक आकर्षक पुरुष का स्वप्न देखा, जिसमें से प्रेम की एक आभा निकल रही थी और जो उससे बात कर रहा था। सुबह जब उसकी नींद

खुली तो स्वप्न टूट गया और उसे अचानक उसकी अद्‌भुत उपस्थिति की कमी अनुभव होने लगी। उसे उलझन होने लगी—यह एक स्वप्न था या सच? अगली रात उसने उसे फिर से अपने स्वप्न में देखा और पूरी रात उससे बातें कीं। दिन बीतने के साथ वह हर रात उसे अपने स्वप्न में देखने लगी। वह इतना आकर्षक था कि उषा उस मोहक पुरुष को अपना हृदय अर्पित करने से नहीं रोक पाई।

एक दिन उस युवक ने उससे कहा, 'आज एक अच्छा दिन है। चलो, हम विवाह कर लें।'

उसके प्रेम में सिर से पाँव तक डूबी उषा सहमत हो गई और दोनों ने वरमालाओं का आदान-प्रदान करके विवाह समारोह को पूरा किया।

अगले दिन उषा पूरी तरह से स्वप्न की दुनिया में खोई हुई थी और अपने पति पर से अपना ध्यान नहीं हटा पा रही थी। चित्रलेखा नाम की उसकी एक सखी थी, जो निरंतर उसके साथ रहती थी। वह एक कलाकार भी थी। उसने अपनी सखी में बदलाव देखा और पूछा, "क्या चल रहा है, उषा? तुम प्रसन्न लग रही हो, लेकिन साथ ही दिवास्वप्न में खोई हुई भी लग रही हो। क्या मैं राजवैद्य को बुलाऊँ या तुम्हारी माँ को सूचित करूँ?"

उषा अब स्वयं को रोक नहीं पाई और बोली, "कुछ समय से एक नवयुवक मेरे स्वप्न में आ रहा है और मुझे उससे प्रेम हो गया है। वह मेरी प्रार्थनाओं का उत्तर है, जिसके लिए मैं देवी पार्वती की आभारी हूँ। कल हमने बिना किसी आयोजन के चुपचाप विवाह कर लिया।"

चित्रलेखा को इसकी आशा नहीं थी। उषा, एक राजकुमारी, अपने माता-पिता की सहमति के बिना विवाह कैसे कर सकती थी? लेकिन उसने बिना विचार किए किसी निष्कर्ष पर न पहुँचने का निश्चय किया।

"उसका नाम क्या है? वह किस वंश से है? उसके माता-पिता कौन हैं, उषा?" उसने पूछा।

"मुझे सच में नहीं पता, चित्रलेखा। मैं जब भी उसे देखती हूँ, वह मुझे इतना मोहित कर लेता है कि मैं उससे कोई व्यावहारिक प्रशन करना भूल जाती हूँ।"

चित्रलेखा एक चतुर युवती थी। वह जानती थी कि उसे पता करना होगा कि वह युवक कौन है। अतः उसने अपनी सखी को कई चित्र दिखाए, लेकिन

कोई भी उस युवक की छवि से मेल नहीं खा रहा था। अंत में चित्रलेखा ने सुझाव दिया, "उसके व्यक्तित्व और उसके चेहरे का वर्णन करो, उषा। मैं चित्र बनाना आरंभ करती हूँ और तुम मुझे सुधारती रहना, जब तक कि चित्र सही न बन जाए।"

उषा ने सिर हिलाया और अपने पति का वर्णन करने लगी।

उषा अपने पति का विवरण देती जा रही थी और चित्रलेखा शीघ्रता से अपना चित्र सुधारती जा रही थी। अंततः उषा ने उसे रोक दिया—"मुझे लगता है, तुम्हें अब रुक जाना चाहिए। यह चित्र लगभग पूर्ण रूप से उन्हीं का लग रहा है।"

'लेकिन यह है कौन?' चित्रलेखा ने अपने मन में सोचा। वह मायावी विद्या भी जानती थी, जो उसे तेजी से यात्रा करने और अपनी इच्छानुसार कोई भी रूप धारण करने में सक्षम बनाती थी। उस आकर्षक युवक का चित्र अपने पास रखकर चित्रलेखा ने अपना रूप बदला और उसकी खोज में निकल गई।

कुछ दिनों बाद वह लौट आई और उसने उषा को अपनी खोज के विषय में बताया, "इस युवक को भूल जाओ, उषा। यह तुम्हारे पिता के घोर शत्रु श्रीकृष्ण का पौत्र है। इस युवक का नाम अनिरुद्ध है। इसके पिता का नाम प्रद्युम्न है और यह कृष्ण व रुक्मिणी का पौत्र है। अनिरुद्ध असाधारण रूप से सुंदर है और अपने पितामह श्रीकृष्ण के समान दिखता है, लेकिन तुम्हारे पिता कभी उससे तुम्हारा विवाह नहीं करेंगे। तुम्हारी भलाई इसी में है कि तुम उसे भूल जाओ।"

उषा ने प्रेमपूर्ण स्वर में कहा, "किंतु वह मेरे लिए चुना गया है। मैं उसे जाने नहीं दे सकती, चित्रलेखा। हमारे मिलन को स्वयं देवी का आशीर्वाद प्राप्त है।"

दोनों युवतियों के दुर्भाग्य से बाणासुर ने अपनी बेटी के कक्ष की ओर आते हुए यह वार्त्तालाप सुन लिया। वह भीतर चला आया और उसकी दृष्टि सीधे अनिरुद्ध के चित्र पर पड़ी। वह क्रोधित हो गया, "तुम कृष्ण के पौत्र से विवाह करने का निर्णय कैसे ले सकती हो, उषा? तुम्हारा साहस कैसे हुआ?" इतना कहकर उसने चित्र उठाया और उसे खुली खिड़की से बाहर फेंक दिया। उसका क्रोध इतना अनियंत्रित था कि जिस गति से उसने वह चित्र फेंका, उसने सीधे खड़े ध्वजा-स्तंभ को नीचे गिरा दिया।

अब बाणासुर शांत हो गया। वह समझ गया कि आनेवाले युद्ध में उसकी नियति का निर्णय हो जाएगा। वह प्रसन्न हो गया। यही तो वह चाहता था—अपनी

सर्वोच्चता प्रमाणित करने का एक अवसर।

उसने शीघ्रता से अपनी बेटी के कक्षों की कड़ी सुरक्षा की व्यवस्था की और युद्ध की तैयारी करने चला गया।

उषा को बहुत बुरा लग रहा था। वह समझ रही थी कि उसके पिता उसके लिए प्रसन्न होने की बजाय अनिरुद्ध से लड़ना पसंद करेंगे। वह जानती थी कि उसके पिता को उनकी सहस्त्र भुजाओं के कारण कोई भी पराजित नहीं कर सकता था।

अपनी सखी की पीड़ा को देख पाने में असमर्थ चित्रलेखा ने एक योजना बनाई। मायावी विद्या का उपयोग करते हुए वह द्वारका गई। इन बातों से अनभिज्ञ सोते हुए अनिरुद्ध को उठाया और उसे उषा के कक्ष में ले आई।

उषा उस युवक को देखकर उल्लास से भर गई, जो उसे स्वप्न में दिखाई देता था। वह ठीक वैसा ही लग रहा था, जैसा उसने देखा था।

अनिरुद्ध जब जागा तो उसे उलझन होने लगी। कहाँ था वह ? जब युवतियों ने उसे उषा के स्वप्नों और उसके पिता के क्रोध की कहानी सुनाई तो उसे स्पष्ट रूप से निराशा हुई। किंतु वह उषा के सौंदर्य से मंत्रमुग्ध हो गया।

"मैं तुम पर मोहित हो गया हूँ, उषा; किंतु मैं कभी भी स्वेच्छा से मध्य रात्रि में एक युवती के कक्ष में नहीं जाऊँगा। यह मेरी प्रतिष्ठा के अनुरूप नहीं है और न ही मैं इस प्रकार से एक कन्या के चरित्र को संकट में डालूँगा। इसके बजाय मैं एक वीर पुरुष बनूँगा, आपके लिए युद्ध करूँगा और उसके पश्चात् आपसे विवाह करूँगा।"

उषा ने कहा, "किंतु आप श्रीकृष्ण के पौत्र हैं और मेरे पिता इस विवाह से कभी सहमत नहीं होंगे।" उसकी आँखों में प्रेम की चमक थी—"यदि मेरे पिता जान गए कि आप यहाँ हैं तो वे आपको तुरंत बाहर फिंकवा देंगे। एक साथ रहने का सबसे अच्छा उपाय यह है कि हम अभी विवाह कर लें और बाद में अपने परिवारों के साथ मेल कर लें। कभी-कभी अनुमति लेने से बेहतर क्षमा माँगना होता है।"

बहुत समझाने के बाद अंततः अनिरुद्ध सहमत हो गया और चित्रलेखा त्वरित व सरल समारोह की व्यवस्था के बारे में सोचने लगी।

कुछ समय बाद बाणासुर अपनी पुत्री के कक्ष में आया। वह एक सहृदय पिता था और इस तथ्य के बावजूद कि वह युद्ध की तैयारी में व्यस्त था, उसने सोचा कि उसे उषा से मिलना चाहिए और दृढ़ता से सुझाव देना चाहिए कि वह उस युवक को भूल जाए, जिससे उसने अपने पिता की अनुमति के बिना विवाह कर लेने का दावा किया था। आखिर वह केवल एक स्वप्न था और उसका कोई अर्थ नहीं था।

उनके अचानक कक्ष में आने से उषा, चित्रलेखा और अनिरुद्ध आश्चर्यचकित रह गए। बाणासुर चित्र के उस युवक को सामने देखकर तत्काल क्रोध से भर उठा, जिसने पहले ही तथाकथित रूप से उसकी पुत्री से उसकी अनुमति के बिना विवाह कर लिया था। उसका क्रोध तेजी से सीमा पार करता जा रहा था। जब उसने चित्रलेखा को देखा तो वह समझ गया कि अनिरुद्ध को वहाँ लाने के लिए वही उत्तरदायी थी। वह उस पर चिल्लाया, "तुम्हें तो उषा के सर्वोत्तम हितों की रक्षा करनी थी। इसकी बजाय तुमने यह क्या कर दिया है ?"

नियंत्रण से बाहर होकर उसने चिल्लाकर अपने सुरक्षाकर्मियों को बुलाया और तीनों को पकड़कर कारावास में डालने का आदेश दिया। फिर बिना और देर किए उसने अनिरुद्ध और उसके परिवार के विरुद्ध युद्ध घोषित कर दिया। कुछ ही समय के भीतर श्रीकृष्ण को अपने पौत्र के बंदी बनाए जाने की सूचना मिल गई और उन्होंने प्रद्युम्न एवं यादव सेना के साथ बाणासुर के राज्य की ओर प्रस्थान कर दिया।

वह एक भयंकर युद्ध था। यादव सेना को शीघ्र ही बाणासुर की सहस्त्र भुजाओं ने तीरों की बरसात से धराशायी कर दिया। अंत में श्रीकृष्ण ने स्वयं बाणासुर का सामना करने का निर्णय लिया। उन्होंने उसकी सभी भुजाओं को काट दिया और बाणासुर भूमि पर गिरकर व्याकुलता से अपनी सहायता के लिए सर्वशक्तिमान शिव और देवी पार्वती से प्रार्थना करने लगा।

भगवान् शिव प्रकट हुए और बोले, "किसी भी दिन, किसी भी समय, कहीं भी युद्ध अनावश्यक होता है, बाणासुर। तुमने यह युद्ध केवल अपने अहंकार के लिए और अपनी शक्ति को प्रदर्शित करने के लिए लड़ा है। तुम्हारे कारण कई निर्दोष लोग मारे गए हैं। पार्वती ने तुम्हारी पुत्री का विवाह निश्चित किया है। तुमने

एक ऐसे युवक का अनुरोध किया था, जो उसके योग्य हो, और अनिरुद्ध उसके लिए हर प्रकार से उपयुक्त था। किंतु सबसे बड़ी बात, तुमने मेरी दी हुई शक्ति का दुरुपयोग किया है। उसके बाद भी तुम भाग्यशाली हो कि तुम श्रीकृष्ण के हाथों मृत्यु को प्राप्त हो रहे हो, जो विष्णु के अवतार हैं।"

इतना कहकर शिव अंतर्धान हो गए।

चतुर बाणासुर ने श्रीकृष्ण को देखा।

श्रीकृष्ण मुसकराए, "प्रिय पुत्र, तुम समझ नहीं पाए कि मैं कौन हूँ। अहंकार ने तुम्हारे भीतर की भक्ति को नष्ट कर दिया है और यही कारण है कि मैं आज यहाँ खड़ा हूँ। अपनी आँखें खोलो और सच्चाई को देखो। तुम्हारा परिवार बहुत भाग्यशाली रहा है, क्योंकि मैं चौथी बार तुम्हारे पूर्वजों के पास आया हूँ। पहली बार मैंने तुम्हारे पूर्वज हिरण्याक्ष के विरुद्ध लड़ने और संसार को बचाने के लिए वाराह का अवतार लिया। दूसरी बार मैं तुम्हारे प्रपितामह प्रह्लाद की भक्ति के कारण नृसिंह के रूप में आया था। तीसरी बार मैं तुम्हारे पिता बलि को, जो मेरे भक्त थे, सबक सिखाने के लिए वामन के रूप में आया था। इस बार मैं कृष्ण के रूप में तुम्हारी सहस्र भुजाओं को काटने के लिए आया हूँ, जिनका उपयोग सार्थक उद्देश्य के लिए नहीं किया गया। अपने दस अवतारों में से मैं चार बार तुम्हारे द्वार पर आया हूँ।"

बाणासुर ने अपने सामने खड़ी आकृति को देखा और प्रभु के आगे आत्मसमर्पण करते हुए अपना सिर झुका दिया। उसकी आत्मा उसके शरीर से निकलकर प्रस्थान कर गई।

शीघ्र ही अनिरुद्ध, उषा और चित्रलेखा को कारावास से मुक्त कर दिया गया। बाद में वे द्वारका आए और उनका विवाह बहुत धूमधाम के साथ हुआ।

आज भी उत्तराखंड के स्थानीय लोग 'सुई' नाम के एक स्थान की पहचान करते हैं, जहाँ बाणासुर और श्रीकृष्ण के बीच युद्ध हुआ था। भारी मात्रा में रक्त हर जगह फैल गया था और एक तालाब के रूप में एकत्र हो गया था, जिसे अब 'लोहावती' के नाम से जाना जाता है और जिसके पानी में अभी भी लाल रंग की झलक मिलती है।

श्रीकृष्ण की पत्नियाँ

भगवान् श्रीकृष्ण की आठ प्रमुख पत्नियाँ थीं।

रुक्मिणी राजा भीष्मक की बेटी एवं विदर्भ की राजकुमारी थीं, जिन्हें श्रीकृष्ण से प्रेम हो गया था। उनके तीन भाई थे, जिन्होंने कृष्ण के चचेरे भाई शिशुपाल से उनका विवाह तय कर दिया था। इसलिए रुक्मिणी ने श्रीकृष्ण को गुप्त रूप से एक पत्र लिखा और उनसे अनुरोध किया कि वे शिशुपाल से होनेवाले विवाह से उन्हें बचा लें। विवाह के दिन श्रीकृष्ण ने उन्हें बचा लिया और द्वारका ले गए, जहाँ दोनों ने तुरंत विवाह कर लिया। रुक्मिणी उनकी पहली पत्नी एवं पटरानी थीं और उन्हें अकसर भगवान् विष्णु की पत्नी लक्ष्मी का अवतार माना जाता है।

जंबुवती (जिसे 'रोहिणी' भी कहा जाता है) जांबवंत की पुत्री और उनकी दूसरी रानी थी। जब श्रीकृष्ण मणि की खोज में गए थे तो उसके पिता ने स्यमंतक मणि के साथ कृष्ण को विवाह में उसका हाथ भी दे दिया था। जंबुवती का पुत्र सांब आगे जाकर यदुवंश के विनाश का कारण बना।

सत्यभामा श्रीकृष्ण की तीसरी पत्नी और द्वारका के एक धनी व्यापारी सत्राजित् की पुत्री थी। इस बार भी वह सत्यभामा थी, जो श्रीकृष्ण से प्रेम करती थी और उनसे विवाह करना चाहती थी। चूँकि वह एक समृद्ध परिवार से थी, इसलिए वह अकसर दूसरी रानियों को नीची दृष्टि से देखती थी। रुक्मिणी और सत्यभामा की कई कथाएँ हैं और कृष्ण ने यह सुनिश्चित किया था कि सत्यभामा रुक्मिणी की भक्ति एवं कृष्ण के प्रति उनके प्रेम से सबक सीखे।

उनकी चौथी पत्नी यमुना नदी की बहन कालिंदी थी, जिसने श्रीकृष्ण से

विवाह करने की इच्छा में तपस्या की थी। एक दिन कृष्ण और अर्जुन वन में शिकार खेल रहे थे, तभी उन्होंने वहाँ कालिंदी को देखा। अंत में, अर्जुन की मध्यस्थता के कारण उसका कृष्ण से विवाह हो गया।

जयसेन की पुत्री मित्रविंदा कृष्ण की पाँचवीं पत्नी थी, जिसके विंद और अनुविंद नाम के जुड़वाँ भाई थे। वह हमेशा से श्रीकृष्ण से प्रेम करती थी और उनसे विवाह करना चाहती थी। उसके भाई उसके प्रेम के विरुद्ध थे और उन्होंने कृष्ण को उसके स्वयंवर में आमंत्रित नहीं किया। हालाँकि वह कृष्ण को स्वयंवर के बारे में सूचित करने में सफल रही और वे आकर उसे स्वयंवर स्थल से उठा ले गए। मित्रविंदा के भाइयों ने उनसे युद्ध किया, किंतु कृष्ण ने उन सभी को हरा दिया और उससे विवाह कर लिया। उसके बाद उन्हें मित्रविंदा गोविंद के नाम से भी जाना जाने लगा। बाद में महाभारत के युद्ध के दौरान विंद और अनुविंद ने कौरवों के साथ हाथ मिला लिया।

नाग्नजिता सत्या कोसल के राजा नग्नजित् की पुत्री थी। राजा की शर्त यह थी कि जो व्यक्ति उनके सात खतरनाक बैलों को हराने में सक्षम होगा, उसी से उनकी पुत्री का विवाह होगा। जब श्रीकृष्ण चुनौती लेने के लिए तैयार हुए तो राजा उन्हें देखकर बहुत प्रसन्न हुए और मन में यह आशा करने लगे कि वे बैलों को हराने में सफल हो जाएँ। श्रीकृष्ण गोकुल में गायों और बैलों के साथ बड़े हुए थे, सो उन्होंने आसानी से बैलों को हरा दिया और नाग्नजिता से विवाह किया। अन्य राजकुमारों ने, जो पहले बैलों को हराने के प्रयासों में असफल रहे थे, कृष्ण को चुनौती दी; किंतु वे श्रीकृष्ण की बराबरी नहीं कर पाए और अंत में उन्हें प्रभु के आगे झुकना पड़ा।

कैकय राज्य की राजकुमारी नीला ने श्रीकृष्ण से एक स्वयंवर में विवाह किया था।

शैव्या शृगाल वासुदेव की भतीजी, जो कृष्ण से प्रेम करती थी, अपने चाचा के विरुद्ध युद्ध में श्रीकृष्ण का साथ दिया और उनसे विवाह कर लिया।

साढ़े तीन हीरे

बलराम गदा युद्ध या गदा से लड़ने की कला के एक महान् योद्धा थे। उन्होंने भीम और दुर्योधन के साथ अपना ज्ञान साझा किया और उन्हें वह सबकुछ सिखाया, जो वे जानते थे। दोनों राजकुमार अच्छे छात्र थे।

एक दिन बलराम की पत्नी रेवती ने अपने पति से कहा, "मैं एक द्वंद्व युद्ध में आपका गदा कौशल देखना चाहती हूँ।"

बलराम ने कहा, "अवश्य! आप किसी भी दिन मेरा कौशल देख सकती हैं, देवी रेवती; किंतु मुझे आपको यह बताना होगा कि इस प्रकार के द्वंद्व युद्ध में किसी को भी पराजित करने की मेरी क्षमता के कारण मुझे कभी अपने सामने अच्छे प्रतिद्वंद्वी खड़े नहीं मिलते। सो हम एक उपयुक्त अवसर की प्रतीक्षा करते हैं, जहाँ मैं वास्तव में आपको एक योग्य व्यक्ति के विरुद्ध अपना कौशल दिखा सकूँ।"

एक दिन रुक्मिणी और सत्यभामा ने श्रीकृष्ण से आकस्मिक रूप से उल्लेख किया, "हम सच में ऊब गए हैं और हम एक असामान्य कथा देखना चाहते हैं। देवर्षि नारद यहाँ आकर हमें जो कथाएँ सुनाते हैं, उनसे हम थक चुके हैं।"

उचित समय आने पर पांडव शक्तिशाली बन गए और इंद्रप्रस्थ से शासन करने लगे। पांडव भाइयों में से एक भीम इस बात के प्रति निश्चित हो चुके थे कि गदा युद्ध में कोई उनकी बराबरी नहीं कर सकता था।

इस बीच दुर्योधन हस्तिनापुर में अपने कौशल का नियमित रूप से अभ्यास करता रहता था। उसे विश्वास था कि उसके पास भीम को हराने के लिए पर्याप्त शक्ति थी। उसके मन में अपने चचेरे भाइयों से युद्ध करके उनके राज्य पर अधिकार करने की इन्छा थी।

दुर्योधन के चाचा विदुर ने अपने भतीजे को सलाह दी, "युद्ध के मार्ग पर जाने के बारे में मत सोचो, प्रिय पुत्र। मेरा सुझाव है कि तुम जाकर श्रीकृष्ण से मिलो, उनके चरण छूकर उनसे आशीर्वाद माँगो, जिससे तुम और तुम्हारे चचेरे भाई पांडव शांति व प्रसन्नता से रह पाओगे। भविष्य में किसी समय गदा युद्ध में भीम को हराने का प्रयास करने में अपने विचार और ऊर्जा बरबाद मत करो।"

दुर्योधन ने इनकार में सिर हिला दिया। "मैं कृष्ण से आशीर्वाद लेने नहीं जाऊँगा, न ही मैं उनके चरण का कोई अन्य हिस्सा छूकर उन्हें सम्मान दूँगा। मैं एक राजा हूँ और एक ग्वाले के पैर छूना मेरी राजसी स्थिति के प्रतिकूल है। यदि युद्ध होना है तो होने दीजिए, चाचाजी। मैं यह सुनिश्चित करूँगा कि हम इसके लिए तैयार हैं। मुझे विश्वास है कि मैं ही जीतूँगा।"

देवर्षि नारद ने वहाँ से गुजरते हुए यह वार्त्तालाप सुन लिया और रहस्यमय ढंग से मुसकराए।

राजा वर्धन एक आकर्षक राजकुमार और नारदजी का महान् भक्त था। उसने एक युद्ध में अपना राज्य और अपनी आँखें दोनों खो दी थीं। उसकी हालत एक भिखारी जैसी हो गई थी और वह वन में रहता था।

अपना राज्य खो देने के बाद उसने नारदजी से प्रार्थना की और सहायता माँगी।

नारद उसके पास आए और वचन दिया, "चिंता मत करो। इस कष्ट के अंत में प्रकाश है। तुम्हारे अच्छे दिन समय आने पर लौट आएँगे।"

राजा वर्धन ने नारद के शब्दों पर भरोसा कर लिया और अपनी दिनचर्या का पालन करता रहा।

उसी राज्य में सत्यवती नाम की एक सुंदर कन्या थी, जो श्रीकृष्ण के प्रति समर्पित थी और भगवान् विष्णु की उपासक थी।

एक दिन नारद सत्यवती के घर गए।

सत्यवती अपने सीमित साधनों गें उनका जितना आतिथ्य-सत्कार कर सकती थी, उसने किया। वह एक दयालु और समर्पित कन्या थी। जब नारद ने उसकी भक्ति देखी तो उन्होंने कहा, "प्रभु ने तुम्हारे लिए एक वर चुना है। कल प्रातः जब तुम अपना द्वार खोलोगी तो जिस व्यक्ति को देखोगी, वह तुम्हारा भावी

पति होगा। तुम उसके साथ बहुत सुख से रहोगी।"

सत्यवती उलझन में खड़ी रही, हालाँकि वह जानती थी कि उसे नारदजी के शब्दों पर ध्यान देना चाहिए।

उसी रात बाद में एक भारी चक्रवात आया। दृष्टिहीन और निर्धन राजा आश्रय की तलाश में कन्या की झोंपड़ी में आया और सामने के द्वार के बाहर बरामदे में चुपचाप सो गया। सुबह होने के साथ चक्रवात कम हो गया और वातावरण धूप से नहा गया। युवती ने उठकर द्वार खोला। वह अपने भावी पति को देखने के लिए उत्साहित थी।

किंतु हाय! उसे केवल अपने द्वार के बाहर सोया दृष्टिहीन व्यक्ति दिखाई दिया। वह एक भिखारी से अधिक नहीं लग रहा था। फिर भी, सत्यवती ने उसे जगाया और अपने घर के अंदर ले गई।

उसने राजा को नारद के साथ हुई घटना बताई और कहा, "मैं वैसे भी आपसे विवाह कर लूँगी। यह प्रभु की इच्छा है और मुझे विश्वास है कि इसके पीछे उनकी कोई बड़ी योजना है।"

दुर्भाग्य से, सत्यवती के पिता ने उस विवाह के लिए सहमति नहीं दी। उनकी पुत्री सुंदर थी और वे उसे ऐसे व्यक्ति से विवाह करने की अनुमति नहीं दे सकते थे, जो न केवल दृष्टिहीन था, बल्कि एक भिखारी भी था।

"यदि तुम मुझसे विवाह नहीं करती हो तो मेरी नियति तय है।" वर्धन ने उदास होकर कहा, "सत्यवती, मैंने अपना राज्य और अपनी आँखें दोनों खो दी हैं। नारद मुनि ने मुझसे कहा था कि मेरे अच्छे दिन वापस आ जाएँगे, और मैं जानता हूँ कि घटनाओं का यह मोड़ मेरे भाग्य में बदलाव के लिए भी महत्त्वपूर्ण है। किंतु शायद तुमसे विवाह होना मेरे भाग्य में नहीं है और मैं यह नहीं कह सकता कि मैं तुम्हारे पिता को उनके विचारों के लिए दोषी ठहराता हूँ।"

लेकिन सत्यवती भिखारी से विवाह करने के अपने निर्णय पर अटल थी और अंततः एक साधारण समारोह में उनका विवाह संपन्न हुआ।

विवाह के बाद वह दंपती एक छोटी सी झोंपड़ी में रहने लगे। सत्यवती दोनों का पेट भरने के लिए कड़ी मेहनत करती थी और देखा जाए तो दोनों के लिए कुछ भी नहीं बदला।

एक दिन जब युवा दुलहन बगीचे में काम कर रही थी तो उसके सिर पर कुछ गिरा। वह देखकर आश्चर्यचकित हो गई कि वह हीरों का एक बहुमूल्य हार था। उसने तुरंत ऊपर देखा तो पाया कि दूर दो पक्षी उड़ते हुए जा रहे थे। वह समझ गई कि उनमें से एक ने यह हार गिराया होगा। उसने हार को प्रशंसात्मक दृष्टि से देखा और सोचने लगी कि वह किसका होगा?

उसी दिन अपना दैनिक कार्य करते हुए उसने एक राजकीय घोषणा सुनी—"महारानी कमला का बहुमूल्य हार खो गया है। उसे ढूँढ़नेवाले को भारी पुरस्कार दिया जाएगा।"

सत्यवती समझ गई कि वह सुंदर हार महारानी का था। वह महल में गई, रानी से मिली और उन्हें बताया कि हार उसके पास कैसे पहुँचा था।

महारानी बहुत प्रसन्न हुईं और उसका आभार प्रकट करने लगीं। उन्होंने कहा, "अब मुझे समझ में आया। मैं तालाब में तैरने गई थी और हार दासी को दे दिया था। मेरी दासी भोजन कर रही थी और जब पक्षी आए होंगे तो उन्होंने चमकते हुए हार को कोई खाने की वस्तु समझ लिया होगा। मैं तुम्हारी आभारी हूँ कि तुमने मुझे हार लौटा दिया। कृपया मुझे बताओ, तुम्हें क्या चाहिए?"

"मेरी एक छोटी सी इच्छा है, महारानीजी।"

"तुम्हारी इच्छा अवश्य पूरी होगी। कृपया मुझे बताओ।" रानी ने कहा।

सत्यवती ने कहा, "मैं आशा करती हूँ कि आप क्रोधित नहीं होंगी। कृपया मुझे वचन दें।"

"मैं वचन देती हूँ।"

"मेरा हार्दिक अनुरोध है कि श्रावण माह के दूसरे शुक्रवार को राज्य में कोई भी दीपक न जलाए; आप भी नहीं। मेरी बस, यही इच्छा है।"

रानी को आश्चर्य हुआ और उन्हें लगा कि यह बहुत विचित्र सा अनुरोध था। किंतु उन्होंने उसकी इच्छा पूरी करने का वचन दिया था, इसलिए उन्होंने कहा, "यह कोई बड़ी बात नहीं है। तुम्हारी इच्छा अवश्य पूरी होगी।"

सत्यवती प्रसन्न और संतुष्ट होकर घर लौट आई।

जब श्रावण माह का दूसरा शुक्रवार आया तो पूरा राज्य अँधेरे में घिरा था। सत्यवती ने अपना घर साफ किया, पूरे झोंपड़े में दीये जलाए, द्वार के बाहर थोड़ा

भोजन रखा और द्वार बंद कर लिया।

कुछ घंटों बाद किसी ने उसके द्वार पर दस्तक दी। एक स्त्री का मधुर स्वर सुनाई दिया, "क्या आप कृपया अपने घर का द्वार मेरे लिए खोलेंगे ? मैं आपके घर आना चाहती हूँ।"

"अवश्य खोलूँगी, किंतु एक शर्त पर। एक बार भीतर आ जाने पर आप बाहर नहीं जाएँगी।" सत्यवती ने उत्तर दिया।

"इस समय चारों ओर अंधकार फैला है और तुमने मेरे लिए कोई विकल्प नहीं छोड़ा है। हाँ, मैं वचन देती हूँ कि सदा के लिए आकर तुम्हारे पास रहूँगी।"

एक निश्छल मुसकान और हृदय में आभार के साथ सत्यवती ने द्वार खोल दिया। स्त्री ने अंदर प्रवेश किया। उसने चारों ओर देखा तो झोंपड़ा अवश्य साफ-सुथरा था। संतुष्ट होकर स्त्री बैठ गई और सत्यवती ने द्वार बंद कर लिया।

थोड़ी देर बाद द्वार पर पुनः दस्तक हुई और फिर वही घटना दोहराई गई और दूसरी स्त्री ने भी भीतर आकर स्थान ग्रहण कर लिया। यह प्रक्रिया छह बार और दोहराई गई और अब झोंपड़े के भीतर आठ स्त्रियाँ बैठी थीं।

"तुम एक अत्यधिक बुद्धिमान स्त्री हो।" उन आठ स्त्रियों में से एक ने कहा, "यदि कोई घर श्रावण मास के दूसरे शुक्रवार से एक दिन पहले साफ-सुथरा और अच्छी तरह प्रकाशित होगा तो देवी लक्ष्मी निश्चित रूप से उस घर में आएँगी। किंतु यदि घर अव्यवस्थित और अंधकारपूर्ण होगा तो वे वापस लौट जाएँगी। हम कुल मिलाकर आठ विभिन्न लक्ष्मियाँ हैं—आदि लक्ष्मी, धन लक्ष्मी, संतान लक्ष्मी, वीर लक्ष्मी, विद्या लक्ष्मी, गज लक्ष्मी, धान्य लक्ष्मी और विजय लक्ष्मी। एक साथ हम 'अष्ट लक्ष्मी' के नाम से जानी जाती हैं और अब हम तुम्हारे साथ रहेंगी।"

कुछ ही दिनों में दंपती का मानो भाग्य ही बदल गया। वर्धन की दृष्टि वापस आ गई। अब सक्षम और स्वस्थ उसने एक सेना तैयार की और समय के साथ अपना राज्य पुनः प्राप्त कर लिया।

जीत के बाद राजा उन्मादी हो गया। वह जानता था कि उसका भाग्य उसकी पत्नी की बुद्धिमानी के कारण बदला था और उसका प्रेम अपनी सीमा पार करता जा रहा था। वह अपनी पत्नी से एक पल भी दूर नहीं रह पाता था। नई रानी बार-बार अपने पति से उसके कर्तव्य पूरे करने के लिए कहती, किंतु वह नहीं सुनता

था। इसलिए उसने सहायता के लिए देवर्षि नारद से प्रार्थना की।

अंततः एक दिन नारद मुनि राजा व रानी से मिलने आए और उन्हें लगा कि कुछ करना आवश्यक था। उन्होंने वर्धन से कहा, "आपकी पत्नी को आज मेरा रात का भोजन लेकर आना होगा और भोर होने तक मेरे कक्ष के बाहर प्रतीक्षा करनी होगी।"

राजा इतने घंटों तक अपनी पत्नी से अलग होने के विचार से असहज हो गया। सो उसने विनम्रतापूर्वक पूछा, "क्या मैं इनकी बजाय किसी और को भेज सकता हूँ?"

"सत्यवती एक अद्भुत महिला है और मेरी पुत्री की तरह है। उसे अपना कर्तव्य करने दो और मेरे साथ पिता की तरह व्यवहार करने दो।"

रानी ने प्रसन्नता से सहमति दे दी और राजा के पास नारदजी का अनुरोध स्वीकार करने के अलावा कोई विकल्प नहीं था।

उस रात सत्यवती ऋषि के लिए रात का भोजन लेकर गई और उनके आदेश के लिए बाहर प्रतीक्षा करने लगी।

हालाँकि नारद ने रात का भोजन नहीं किया। उन्होंने अपनी आँखें बंद कर लीं और ध्यान में डूब गए। सत्यवती पूरी रात उनके कक्ष के द्वार पर खड़ी रही। सूर्योदय होने पर उसने मान लिया कि उसका कर्तव्य पूरा हो गया था और वह अपने कक्ष में लौट आई।

थोड़ी देर बाद नारदजी ने अपनी आँखें खोलीं और रानी को आवाज लगाई। यह जानकर कि वह जा चुकी थी, नारद क्रोधित हो गए। वह तुरंत राजा और रानी से मिलने चले गए।

नारद दंपती से मिले और बोले, "हे राजन्! आपकी पत्नी ने मेरी अवज्ञा की है।"

"प्रिय मुनिवर, आपने मुझे भोर होने तक प्रतीक्षा करने के लिए कहा था और मैं सूर्योदय तक आपके लिए बाहर प्रतीक्षा कर रही थी। मेरा इरादा आपकी अवज्ञा करने या आपको असुविधा में डालने का नहीं था।" सत्यवती ने विनम्रता से कहा।

नारद ने आगे कहा, "लेकिन आपने प्रस्थान से पहले मेरी अनुमति लेने की परवाह भी नहीं की। एक ऋषि की स्पष्ट अवहेलना के लिए मैं आपको शाप देता

हूँ कि आप एक घोड़े में बदल जाएँ।"

तत्काल सत्यवती एक उत्तम नस्ल के घोड़े में बदल गई।

वर्धन अवाक् रह गया। यह अचानक परिवर्तन उसके लिए असहनीय था और वह अपनी प्रिय पत्नी की स्थिति देखकर रोने लगा।

नारद शांत हो गए और उसे सांत्वना देने लगे, "इसके पीछे एक बड़ा उद्देश्य है, राजन्। समय आने पर आप कारण समझ जाएँगे। अभी के लिए अपने विषयों के प्रति अपना कर्तव्य पूरा करें और न्यायपूर्ण तरीके से राज्य पर शासन करें।"

"हे मुनिवर! मेरी पत्नी अपने रूप में वापस कब आएगी?"

"जब उनके शरीर को साढ़े तीन हीरे स्पर्श करेंगे, वह अपने रूप में वापस आ जाएँगी।"

"यह तो बहुत अच्छी बात है। मैं खजाने से जितने चाहिए, उतने हीरे ले आऊँगा, किंतु मुझे मेरी पत्नी वापस चाहिए।"

"किंतु वे साधारण हीरे नहीं हैं, महाराज। वे विशेष हैं और वे तुम्हारे पास तभी आएँगे, जब समय सही होगा।" नारद ने कहा और वहाँ से चले गए।

वह राजा के जीवन का सबसे बुरा दिन था। उसका दुःख असहनीय था। वह उस रात सोने गया तो उसका हृदय भारी था और आँखों में आँसू थे।

अगली सुबह जब वह उठा तो घोड़ा कोई निशान छोड़े बिना गायब हो चुका था। वह तुरंत अपने सैनिकों के साथ उसे ढूँढ़ने निकल गया।

इस बीच पड़ोसी राज्य में बलराम अपने उद्यान में टहल रहे थे, जब उन्होंने कुछ दूर एक सुंदर घोड़े को घास चरते देखा। उस घोड़े की सवारी करने की इच्छा से वे मुड़े और सेवकों से घुड़सवारी की पोशाक लाने के लिए कहा। किंतु जब तक वे दोबारा घोड़े की ओर मुड़े, वह कहीं नहीं दिखा। सो उन्होंने उसे ढूँढ़ने का निश्चय किया।

जब वे उसे ढूँढ़ने जाने के लिए उचित पोशाक पहन रहे थे तो उनकी पत्नी रेवती को उनकी अधीरता देखकर उत्सुकता हुई और उन्होंने पूछा, "आप कहाँ जा रहे हैं?"

"मैंने अभी-अभी संसार का सबसे सुंदर घोड़ा देखा है। मेरे साथ उसे ढूँढ़ने चलो। फिर हम साथ में उसकी सवारी करेंगे।"

रेवती तैयार हो गईं और घोड़े को ढूँढ़ते हुए वे भीम के महल तक पहुँच गए, जहाँ निकट ही भीम खड़े हुए एक ऐसे व्यक्ति से बात कर रहे थे, जिसे उन्होंने पहले कभी नहीं देखा था।

वह व्यक्ति कह रहा था, "यह घोड़ा मेरे लिए अत्यधिक महत्त्वपूर्ण है। कृपया इसे मुझे सौंप दें, महोदय।"

भीम ने कहा, "मैं आपको वचन देता हूँ कि यह घोड़ा आपका ही है। कृपया आप चिंता न करें।"

तभी भीम ने बलराम और रेवती को अपनी ओर आते देखा।

जब दोनों और निकट आए तो रेवती ने कहा, "अब मैं समझी, आप क्या कहना चाहते हैं। यह घोड़ा वास्तव में दुर्लभ है। चलिए, हम इसे अपने राजकीय अस्तबल में रख लेते हैं।"

बलराम सहमत हो गए।

जब वे भीम और उस व्यक्ति के पास पहुँचे तो बलराम ने कहा, "भीम, यह घोड़ा मैं अपने लिए चाहता हूँ। कृपया इसे मुझे दे दो।"

"किंतु यह घोड़ा इस व्यक्ति का है।"

बलराम ने उस व्यक्ति की ओर देखा—"मैं तुम्हें एक दूसरा तेज घोड़ा दे दूँगा। यह कोई समस्या नहीं है।"

व्यक्ति कुछ नहीं बोला और विनम्रता से भीम की ओर देखने लगा।

भीम ने हस्तक्षेप किया, "किंतु महोदय, मैंने इस व्यक्ति को घोड़ा देने का वचन दे दिया है। राजसूय यज्ञ और उसके लिए की गई तैयारी को धन्यवाद है कि हमारे राजकीय अस्तबल में कई अन्य उत्तम घोड़े हैं और आप उनमें से कोई भी पसंद कर सकते हैं। मैं प्रसन्नतापूर्वक आपको वह घोड़ा दे दूँगा।"

"तुम्हारा साहस कैसे हुआ यह कहने का?" बलराम का क्रोध और बढ़ गया, "यदि मेरे भाई कृष्ण ने तुम्हारा साथ नहीं दिया होता तो यह राजसूय यज्ञ हुआ ही नहीं होता। मेरे भाई का आभार मानो। मैं इस विशेष घोड़े की सवारी करना चाहता हूँ और मैं इसे ले जाऊँगा।"

भीम चुप रहनेवालों में से नहीं थे—"मैं आपका अपने गुरु के रूप में सम्मान करता हूँ और मैंने आपको एक विकल्प भी प्रदान किया है। मैं मानता हूँ कि श्रीकृष्ण सबसे महान् रणनीतिकार थे, जिनकी हम कभी अपेक्षा कर सकते

थे; किंतु आज हम जहाँ हैं, वहाँ तक पहुँचने के लिए हमारे परिवार ने भी बहुत परिश्रम किया है। आपके शत्रु जरासंध को मारनेवाला मैं था, श्रीकृष्ण नहीं। मैंने इस युवक को वचन दिया है और यदि आप वास्तव में घोड़े को ले जाना चाहते हैं तो मुझे आपको एक गदा युद्ध के लिए चुनौती देनी होगी।"

दोनों योद्धा द्वंद्व के लिए सहमत हो गए और युद्ध आरंभ हो गया। वह एक असामान्य युद्ध था—एक गुरु और एक शिष्य के साथ-साथ दो चचेरे भाइयों के बीच।

रेवती अपना हृदय मुँह में लिये एक किनारे खड़ी थीं। कभी ऐसा प्रतीत होता जैसे बलराम जीत रहे थे और कभी लगता कि भीम जीतेंगे। द्वंद्व युद्ध कई घंटों तक जारी रहा और भीम व बलराम दोनों थक गए।

अचानक उन्होंने देखा कि घोड़ा वहाँ नहीं था।

कुछ देर खोजने के बाद वह श्रीकृष्ण के महल में मिला। उनकी पत्नियाँ रुक्मिणी और सत्यभामा उस अद्‌भुत जीव को अपने लिए चाहती थीं।

"क्या हम इसे रख सकते हैं?" उन्होंने अपने पति से पूछा।

"पहले हमें यह पता लगाना होगा कि यह किसी और का तो नहीं है। यदि यह हमारा नहीं है तो हम इसे नहीं रख सकते।" कृष्ण ने कहा और स्नेह से घोड़े को देखा। उन्होंने देखा कि घोड़े की आँखों में आँसू थे।

घोड़ा हिनहिनाया और दौड़ने लगा।

"आइए, हम देखते हैं कि यह कहाँ जा रहा है!" रुक्मिणी ने कहा।

श्रीकृष्ण और उनकी दोनों पत्नियाँ घोड़े का पीछा करने लगे, जो उन्हें दुर्योधन के महल में ले गया।

इसमें कोई आश्चर्य की बात नहीं थी कि दुर्योधन को घोड़ा अपने लिए पसंद आ गया।

"हस्तिनापुर के राजा के पास ऐसा ही घोड़ा होना चाहिए।" उसने उच्च स्वर से कहा।

घोड़े ने दिशा बदल ली और दूसरी ओर दौड़ने लगा। सब उसका दोबारा पीछा करने लगे।

"कई लोग इस घोड़े को अपने अस्तबल में रखना चाहते हैं। दुर्योधन, तुम्हें ऐसी कोई वस्तु अपने पास नहीं रखनी चाहिए, जो वास्तव में तुम्हारी नहीं है। यह

एक भीषण युद्ध का कारण बनेगा।" श्रीकृष्ण ने दूर क्षितिज में देखते हुए कहा, जैसे कि वे भविष्य देख पा रहे हों।

घोड़ा बलराम और भीम के बीच चल रहे द्वंद्व युद्ध के स्थान पर लौट आया। जब बलराम ने दूर से दुर्योधन को आते देखा तो वे प्रसन्न हो गए।

"मेरा दूसरा शिष्य भी यहाँ आ गया है और वह मेरी ओर से लड़ेगा। मुझे विश्वास है कि अंत में मैं ही जीतूँगा और घोड़ा मेरा हो जाएगा।" उन्होंने कहा।

जल्द ही समूह बलराम और भीम के पास पहुँच गया।

बलराम ने कहा, "आओ दुर्योधन, मेरे स्थान पर लड़ो।"

लेकिन दुर्योधन नहीं सुन रहा था। वह भागकर घोड़े के निकट गया और उसकी एक टाँग पकड़ ली, ताकि वह हिल न सके।

बलराम ने अपने शिष्य की धृष्टता देखकर अपनी गदा गिरा दी और घोड़े की दूसरी टाँग पकड़ ली। भीम को लगा कि बलराम या दुर्योधन घोड़े को ले जाने का इरादा रखते थे, सो उसने भी घोड़े की ओर छलाँग लगाई और उसकी तीसरी टाँग पकड़ ली।

बेचारा घोड़ा घबराया हुआ वहाँ खड़ा था।

तब श्रीकृष्ण ने आकर धीरे से घोड़े को थपकी दी। लगभग जादू के जोर से घोड़ा बदल गया और अपने मूल रूप में वापस आ गया—रानी सत्यवती के रूप में।

रुक्मिणी एवं सत्यभामा दुर्योधन, भीम और बलराम को अभी भी उस सुंदर स्त्री को पकड़े देख हँसने लगीं।

"यह वास्तव में एक अद्‍भुत नाटक था।" श्रीकृष्ण ने नारद से कहा।

"यह सब आपकी सहायता से संभव हुआ, मेरे प्रभु।" नारद बोले।

कृष्ण ने आगे बताया, "देवी रेवती अपने पति को गदा युद्ध करते देखना चाहती थीं और बड़े भैया बलराम एक बराबर के प्रतिद्वंद्वी के लिए व्याकुल थे। किसी भी सामान्य दिन बलराम और भीम ने ऐसा युद्ध नहीं किया होता, जैसा उन्होंने घोड़े के लिए किया। इसलिए आज जैसी परिस्थितियाँ उत्पन्न करनी पड़ीं। इस प्रकार, देवी रेवती की इच्छा अब पूरी हो गई है। दुर्योधन ने अपने चाचा से कहा था कि वे एक ग्वाले के चरण नहीं छुएँगे, न ही उसके पैर पकड़ेंगे; किंतु आज उन्होंने जो किया, वह उनके लिए और भी बुरा था। उन्होंने एक पशु के पैर

को पकड़ा था। राजसूय यज्ञ की सफलता के बाद भीमसेन में अहंकार आ गया था और उन्हें गर्व था कि जरासंध को उन्होंने मारा था। अपने अभिमान में वह अपने गुरु से लड़ने के लिए तैयार हो गए और भूल गए कि नियति हमारे जीवन में कितनी बड़ी भूमिका निभाती है।"

अब वे अपनी पत्नियों की ओर मुड़े और बोले, "आप एक सुखांत नाटक देखना चाहती थीं। मैं इससे अच्छे नाटक की व्यवस्था नहीं कर पाया। स्वामित्व की इच्छा चचेरे भाइयों, गुरुओं व शिष्यों, परिवार व मित्रों के बीच युद्ध का निर्माण करती है। दूसरी ओर देखें कि कैसे राजा वर्धन सबकुछ भूल गए और केवल अपनी पत्नी पर ध्यान केंद्रित किया। उन्हें भी एक सबक सिखाने की आवश्यकता थी, वह यह कि एक राजा का अपनी प्रजा के प्रति कर्तव्य सर्वोच्च महत्त्व रखता है—और उसके साथ समझौता नहीं किया जाना चाहिए।"

सबने लज्जा से अपने सिर झुका लिये। रुक्मिणी ने कहा, "हे श्रीकृष्ण! नारद मुनि ने राजा वर्धन से कहा था कि जब साढ़े तीन हीरे सत्यवती को स्पर्श करेंगे, तभी वे स्त्री रूप में वापस लौटेंगी। किंतु मुझे कुछ समझ में नहीं आ रहा है। कृपया मुझे बताएँ, वे हीरे कहाँ थे?"

श्रीकृष्ण मुसकरा दिए—"यह बहुत आसान है, मेरी प्रिय पत्नी। भैया बलदाऊ की शक्ति एक हीरे जितनी है; भीमसेन दूसरा हीरा हैं और दुर्योधन का ऊपरी शरीर भी हीरे की आधी शक्ति जितना है।"

सत्यभामा ने कहा, "किंतु ये तो ढाई हुए। क्या आप स्वयं को भूल नहीं रहे हैं?"

इससे पहले कि श्रीकृष्ण प्रतिक्रिया देते, नारद बीच में बोल पड़े, "ये असली हीरा हैं। प्रभु बिना किसी तैयारी के सोलह वर्ष की अवस्था में कंस और चाणूर को मारने में सफल हुए थे।"

एक शांतिपूर्ण चुप्पी छा गई, क्योंकि हर कोई अपने विचारों में खो गया था।

अंततः सत्यवती अपने पति के पास और अपने राज्य में वापस लौट आईं। राजा वर्धन अपनी प्रिय पत्नी से मिलकर अत्यधिक प्रसन्न हो गए।

इस प्रकार, साढ़े तीन हीरों ने वर्धन और सत्यवती के जीवन को बदल दिया।

दैत्य, जिसने थूका था

एक समय की बात है। गया नाम का एक शक्तिशाली दैत्य था।

एक दिन गया आकाश में अपने रथ पर जा रहा था। अचानक उसे अपने मुँह में अत्यधिक थूक महसूस हुआ और उसने बिना सोचे उसे बाहर थूक दिया। अनजाने में उसका थूक सीधे आकर उस पवित्र जल में गिरा, जिसे श्रीकृष्ण अपनी हथेलियों में लेकर सूर्यदेव को अर्पित करने जा रहे थे।

श्रीकृष्ण ने चारों ओर दृष्टि घुमाकर देखा कि उनकी हथेली में थूक कहाँ से आया था। गया को अपनी भूल का एहसास हो गया और वह तुरंत श्रीकृष्ण की दृष्टि सीमा से छुप गया। कृष्ण क्रोधित हो गए और उन्होंने उच्च स्वर में प्रतिज्ञा की, "जिसने भी मेरी हथेली के पवित्र जल को गंदा किया है, मैं उसके प्राण ले लूँगा।"

गया, जिसने उनकी प्रतिज्ञा स्पष्ट रूप से सुन ली थी, भयभीत हो गया। उसने देवों से प्रार्थना की, किंतु कोई उसकी सहायता के लिए नहीं आया। तब वह अर्जुन के पास गया। वह जानता था कि पूरी कहानी जान लेने पर अर्जुन भी उसकी सहायता नहीं करेंगे। इसलिए गया ने आधा सच छुपा लिया और बोला, "किसी ने मेरी हत्या करने का निर्णय ले लिया है, राजन्। मैं आपसे सुरक्षा की याचना कर रहा हूँ। आप एक राजा हैं और हर उस व्यक्ति के संरक्षक, जो आपके पास आता है। कृपा करें, मैं आपकी सहायता के बिना मर जाऊँगा।"

अर्जुन को गया पर दया आ गई और वह उससे विस्तार में बात पूछना भूल गए। एक शक्तिशाली असुर कैसी परिस्थिति में पड़ गया था! शीघ्रता में अर्जुन ने गया को आश्वासन दिया, "कृपया आप चिंता न करें। मैं आपकी रक्षा करूँगा, चाहे कुछ भी हो जाए।"

"राजन्, आप श्रीकृष्ण के नाम पर मुझे वचन दें। केवल तभी मैं आपकी बात पर विश्वास करूँगा।"

"अवश्य! मैं अपनी कही बात सदा पूरी करता हूँ। किंतु आपकी संतुष्टि के लिए मैं श्रीकृष्ण के नाम पर एक सच्ची प्रतिज्ञा लेता हूँ और वचन देता हूँ कि कोई आप को उँगली से भी स्पर्श नहीं कर पाएगा।"

गया ने राहत की साँस ली।

"अब मुझे बताएँ, आपको कौन मारना चाहता है?" अर्जुन ने पूछा।

"स्वयं भगवान् श्रीकृष्ण।" कमजोर सा उत्तर आया।

अर्जुन क्रोधित हो गए, "तुमने यह बात मुझे पहले क्यों नहीं बताई, गया? मैं कृष्ण से नहीं लड़ना चाहता। वे मेरे सबसे प्रिय मित्र और संरक्षक हैं। मैं उनसे कैसे युद्ध कर सकता हूँ?" अर्जुन को गया को दिए वचन पर पछतावा होने लगा।

अर्जुन के परिवार ने यह समाचार सुना तो उनके भाई, माता कुंती और पत्नियाँ द्रौपदी व सुभद्रा आगे का उपाय सोचने लगीं। धर्मराज युधिष्ठिर ने कहा, "एक राजा का कर्तव्य होता है कि वह अपना वचन पूरा करे।"

"किंतु किस कीमत पर?" सुभद्रा ने पूछा।

"तुम्हें गया को दंड देकर उसे मार देना चाहिए।" भीम ने सुझाव दिया, "उसने आपसे जानकारी छुपाई है।"

किंतु किसी को समाधान नजर नहीं आ रहा था और पूरा परिवार चिंता में डूब गया था।

द्रौपदी प्रार्थना करने लगी, "श्रीकृष्ण समाधान ढूँढ़ने में हमारी सहायता करेंगे।"

उसी समय वहाँ घुमंतू मुनि नारद आ गए। उन्होंने धैर्य के साथ उनकी समस्या सुनी और कहा, "मुझे लगता है कि इसका सामना करने का सबसे अच्छा उपाय है सुभद्रा के माध्यम से बात करना, जो श्रीकृष्ण की बहन भी हैं।"

यह विचार सभी को पसंद आया। मध्यस्थता के लिए सुभद्रा से बेहतर कौन हो सकता था? सुभद्रा तुरंत अपने भाई से मिलने के लिए द्वारका जाने की तैयारी करने लगीं।

हालाँकि नारद मुनि पहले ही वहाँ से निकल गए और शीघ्र द्वारका पहुँच

गए। इससे पहले कि सुभद्रा वहाँ पहुँचकर अपने भाई से मिलतीं, नारद श्रीकृष्ण से मिल चुके थे। उन्होंने कृष्ण से कहा, “आपके मित्र धनुर्धर अर्जुन ने गया को रक्षा का वचन दिया है। उसी दैत्य को, जिसने आपकी हथेली पर थूका था। सुभद्रा किसी प्रकार के समझौते पर पहुँचने के प्रयास में आपसे बात करने यहाँ आ रही हैं। कृपया आप वही करें, जो आपको सबसे उचित लगे।”

सुभद्रा अंतत: अपने भाई से मिली और उन्हें स्थिति से अवगत कराया। कृष्ण अपनी बात पर अडिग रहे और कोई भी समझौता करने के लिए तैयार नहीं हुए। उनकी पत्नियों—रुक्मिणी और सत्यभामा ने उनके निर्णय का समर्थन किया। अंत में श्रीकृष्ण ने कहा, “सुभद्रा, तुम्हें हम दोनों में से एक का चुनाव करना होगा या तो अपने पति का या अपने भाई का। आप दोहरा लाभ नहीं उठा सकतीं।”

“भाई, आपने मुझे बहुत मुश्किल स्थिति में डाल दिया है। मैं किसी का पक्ष नहीं लेना चाहती; किंतु यदि मुझे चुनाव करना ही है तो मैं इस मामले में अपने पति का साथ देना पसंद करूँगी।”

दीवार पर लिखा हुआ स्पष्ट दिखाई दे रहा था। आनेवाले युद्ध का खतरा बहुत वास्तविक था।

शीघ्र ही कृष्ण और अर्जुन युद्ध के मैदान में एक-दूसरे के सामने थे। दो पुरुष, जो प्रिय संबंधी थे और उससे भी अच्छे मित्र थे, स्वयं को शत्रुओं के रूप में विपरीत पक्षों में देख रहे थे और वह भी केवल असुर गया के लिए। तब जाकर देवों ने हस्तक्षेप किया और युद्ध को रोक दिया। गया ने श्रीकृष्ण से हृदय से क्षमा माँग ली और उनका परम भक्त बन गया।

बाद में गया ने प्रभु की—उनके विष्णु रूप में—तपस्या की और समय के साथ बहुत शक्तिशाली बन गया। जैसा कि असुरों के साथ होता है, वह भी अहंकारी हो गया। वह देवों और आम लोगों के साथ दुर्व्यवहार करने लगा और अंतत: देवगण विष्णु के पास उनकी सहायता लेने पहुँचे।

विष्णु ने उनकी प्रार्थना सुनी और मुसकराए। उन्होंने कहा, “मैं सबकुछ देख लूँगा।” और देवताओं को वापस भेज दिया।

एक दिन ब्रह्मा गया से मिलने आए और बोले, “आप इतने स्वस्थ, लंबे सुगठित शरीर के मनुष्य हैं। आपके जैसा शरीर किसी के पास नहीं है। मैं एक

महान् यज्ञ का आयोजन करने की इच्छा रखता हूँ और ऐसे कार्य के लिए एक उचित स्थान चुनना आवश्यक है। मुझे दृढ़ता से लगता है कि मेरे यज्ञ के लिए सबसे श्रेष्ठ स्थान आपकी छाती है।"

गया चुपचाप खड़ा रहा। उसे अपने सौभाग्य पर विश्वास नहीं हो रहा था—भगवान् ब्रह्मा स्वयं अनुमति लेने उसके पास आए थे। कितने सम्मान की बात है! गया ने तुरंत सहमति दे दी।

ब्रह्मा और उनके साथियों ने गया की स्थिर छाती पर यज्ञकुंड का निर्माण शुरू कर दिया (वह पात्र, जिसमें यज्ञ होना था)। समय बीतने के साथ गया बेचैन होने लगा। वह अपने शरीर को हिलाना चाहता था। उसने सहायता के लिए विष्णु से प्रार्थना की, "मैंने ब्रह्माजी को वचन दिया है कि मैं उनके यज्ञ में अपना सहयोग दूँगा। कृपया मेरी सहायता करें, ताकि मैं अपने शरीर को न हिलाऊँ, न ही मेरे कारण यज्ञ की तैयारी में बाधा आए।"

शाश्वत रक्षक विष्णु दृढ़ता से गया की छाती पर खड़े हो गए और उसे इस प्रकार मजबूती से नीचे दबाए रखा कि उसके शरीर में किसी प्रकार की हलचल न हो पाए।

तब गया ने विष्णु से दूसरी सहायता के लिए अनुरोध किया, "हे प्रभु! कदाचित् मुझे अब समझ में आ गया है कि मैं यह यज्ञ पूरा होने तक जीवित नहीं रहूँगा। मैं जलकर राख हो जाऊँगा। मैं आपसे विनती करता हूँ कि आप इस क्षेत्र को तीर्थयात्रा का स्थान बना दें। वह स्थान, जहाँ मैं अपना सिर रखूँगा, तीर्थयात्रा का केंद्र होना चाहिए और उसका नाम मेरे नाम पर रखा जाना चाहिए। जो कोई भी यहाँ पर श्राद्ध करेगा, मृत्यु के बाद सीधे स्वर्ग में जाएगा।"

"ठीक है, गया। तुम्हारी इच्छा अवश्य पूरी होगी।" विष्णु ने कहा।

आज वह स्थान गया, विष्णु गया या पितृगया के रूप में जाना जाता है और बिहार राज्य में स्थित है। वहाँ फल्गु नदी बहती है। वह स्थान, जहाँ गया ने अपना सिर रखा था, 'गया शीर्ष' के नाम से जाना जाता है और वहाँ विष्णु के पैरों के निशान देखे जा सकते हैं। लोग वहाँ अपने पूर्वजों को श्रद्धांजलि अर्पित करते हैं। इस प्रकार, गया अमर हो गया है और विष्णु के प्रति उसकी भक्ति का प्रमाण अभी भी पूरे देश से लोगों को आकर्षित करता है।

ऋषि, जिन्हें जल चाहिए था

एक बार की बात है, उदांक नाम के एक वैरागी ऋषि थे।

महाभारत युद्ध के बाद श्रीकृष्ण जब द्वारका वापस जा रहे थे, तब उनकी भेंट ऋषि से हुई।

ऋषि उदंक श्रीकृष्ण को देखकर प्रसन्न हो गए। चूँकि ऋषि वैरागी थे और वर्तमान घटनाओं से अनभिज्ञ थे, अत: उन्होंने पूछा, "प्रभु, नवीनतम समाचार क्या है? सब कैसे हैं?"

"सब कुशल है; किंतु अभी-अभी महाभारत का महान् युद्ध समाप्त हुआ है।" श्रीकृष्ण ने कहा और उन्हें विस्तार से समझाया।

उदंक को उत्सुकता हुई, "युद्ध में कितने लोगों ने हिस्सा लिया था?"

"पांडवों के पक्ष में सात अक्षौहिणी सेना थी (एक इकाई, जो युद्ध के आकार का संकेत देती है) और कौरवों की ओर से ग्यारह अक्षौहिणी थीं। कुल मिलाकर अठारह अक्षौहिणी थीं और युद्ध अठारह दिनों तक चला।"

ऋषि ने पूछा, "कितने लोग जीवित बचे?"

"केवल बारह लोग—पाँच पांडव तथा कौरवों की ओर से अश्वत्थामा, कृपाचार्य, वृषकेतु व युयुत्सु और मेरी ओर से सात्यकि, कृतवर्मा एवं मैं।"

"अठारह अक्षौहिणियों में से केवल ये बारह जीवित बचे?" आश्चर्यचकित ऋषि ने पूछा।

श्रीकृष्ण ने कहा, "वह एक भीषण युद्ध था।"

अचानक ऋषि व्याकुल हो गए, "कृष्ण, आप सर्वोच्च हैं। आप समय से पहले विनाश के बारे में जानते थे। यदि आप वास्तव में चाहते तो युद्ध को

रोक सकते थे। आपने अपना कर्तव्य नहीं निभाया। मैं आपको शाप देने का इच्छुक हूँ।"

"एक क्षण रुकिए, ऋषिवर। मुझे समझाने दीजिए। जब द्रौपदी मेरे पास आई और बोली कि वह एक युद्ध चाहती थी, क्योंकि कौरवों ने उसका अपमान किया था, तो मैंने कहा था, 'बहन, एक युद्ध का कारण किसी व्यक्ति का अपमान कभी नहीं होना चाहिए। मनुष्य को बड़े उद्देश्य के लिए इस तरह की तुच्छ बातों से ऊपर उठना चाहिए।' मैं दुर्योधन के पास भी गया और उससे शांति के महत्त्व के बारे में बात करने का प्रयास किया। मैंने उससे अनुरोध किया कि वह केवल पाँच गाँव छोड़ दे और उन्हें पांडवों को सौंप दे। फिर भी वह सहमत नहीं हुआ। इसकी बजाय वह मुझे बंदी बनाना चाहता था! बाद में मैंने उसके पिता धृतराष्ट्र और पितामह भीष्म से अनुरोध किया कि वे सलाहकार होने का कर्तव्य निभाएँ और उसे मार्गदर्शन दें; किंतु यह उपाय भी असफल रहा।"

श्रीकृष्ण रुके, एक गहरी साँस ली और आगे बोले, "मैंने कर्ण से भी बात की और उन्हें पांडवों के साथ आने के लिए मनाने का प्रयास किया, ताकि युद्ध टाला जा सके; किंतु वे नहीं माने और अपने मित्र दुर्योधन के पक्ष में लड़ने का निर्णय लिया। सच्चाई यह है ऋषिवर, कि मैंने उन सभी विकल्पों का उपयोग किया, जो मेरे सामने थे। युद्ध ही एकमात्र विकल्प था, जो शेष था। युद्ध आरंभ होने के बाद मैंने सार्वजनिक रूप से घोषणा की और यह स्पष्ट कर दिया कि लोगों के पास पक्ष बदलने या युद्ध से पीछे हटने का विकल्प था; किंतु मेरा प्रस्ताव बहुत कम लोगों ने माना। यही वह क्षण था, जब मुझे समझ में आया कि लगभग सभी पक्ष विभिन्न कारणों से युद्ध चाहते थे और यही कारण था कि युद्ध टाला नहीं जा सका। नियति मेरे तमाम प्रयासों से अधिक शक्तिशाली थी।"

ऋषि उदंक ने गहरी साँस ली। वे जानते थे कि कृष्ण सही थे।

"मुझे क्षमा करें, कृष्ण, मैंने आपके कार्यों का गलत आकलन किया।"

श्रीकृष्ण मुसकरा दिए।

ऋषि ने पूछा, "प्रभु, क्या मैं आपसे कुछ माँग सकता हूँ?"

"कहिए, क्या इच्छा है आपकी?"

"जीवन की मेरी यात्रा ऐसी है कि मुझे अलग-अलग स्थानों पर घूमना

पड़ता है। कभी चिकने और कभी ऊबड़-खाबड़ क्षेत्र में। कभी-कभी मैं जल के लिए भी तरस जाता हूँ। कृपया मुझे ऐसा वरदान दें, जिससे मैं जब चाहूँ, मुझे जल प्राप्त हो जाए।"

कृष्ण ने सहमति में सिर हिलाया, ऋषि को वरदान दिया और द्वारका की ओर बढ़ गए।

कुछ दिनों बाद ऋषि उदंक ने स्वयं को एक वन में भटकता पाया। अचानक उन्हें प्यास लगी और उन्हें कृष्ण के शब्द याद आए।

कुछ देर बाद ऋषि के पास एक शिकारी आया। उसने ऋषि का अभिवादन किया और हिरण की चमड़ी से बने चषक में रखा पानी उनकी ओर बढ़ाया।

उदंक ने सोचा, 'यह एक गंदा, अशिक्षित शिकारी है। मैं इससे पानी कैसे ले सकता हूँ?' अतः उन्होंने अपना सिर हिला दिया।

शिकारी ने जोर देकर कहा, "ऋषिवर, कृपया थोड़ा जल ले लें।"

"नहीं।" उदंक ने पुनः मना कर दिया।

"महोदय, यदि आप मुझसे थोड़ा जल ले लेते हैं तो मैं वास्तव में धन्य हो जाऊँगा।"

उदंक ने सीधे मना कर दिया और शिकारी से थोड़ी दूर चले गए। जब उन्होंने पीछे मुड़कर देखा तो शिकारी वहाँ से जा चुका था।

वे सोच ही रहे थे कि शिकारी कहाँ गया कि वहाँ श्रीकृष्ण प्रकट हो गए।

"प्रभु श्रीकृष्ण! आपसे मिलकर अच्छा लगा। आप अवश्य सही समय पर आए हैं। आपने वचन दिया था कि मैं जब भी कामना करूँगा, मुझे जल मिल जाएगा; किंतु ऐसा नहीं हुआ!"

श्रीकृष्ण ने उत्तर दिया, "ऋषिवर उदंक, मैं देवराज इंद्र से मिला और उनसे आपको अमृत देने के लिए कहा। इंद्र ने मुझे बताया कि जीवित रहते हुए मनुष्यों को अमृत नहीं मिल सकता; किंतु मैंने उनसे आग्रह किया कि आपके जैसे प्रबुद्ध लोगों को अपवाद होना चाहिए। वही थे, जो शिकारी के रूप में आपको अमृत देने आए थे, ताकि आपको अमरत्व प्राप्त हो जाए। उन्होंने आपको तीन बार अमृत देने का प्रयास किया, किंतु आपने मुझे गलत साबित कर दिया। आपने उनका आकलन उनकी वेशभूषा, समुदाय और पेशे से किया। आपने उन्हें अपने

समकक्ष नहीं माना, हालाँकि उन्होंने आपकी आवश्यकता के समय सहायता का हाथ बढ़ाया था। मैं एक प्रबुद्ध व्यक्ति के रूप में आपका सम्मान करता था; किंतु सच्चाई यह है कि आप एक साधारण मनुष्य के जैसे ही हैं।"

इन शब्दों के साथ श्रीकृष्ण अंतर्धान हो गए।

श्रीकृष्ण का महाप्रयाण

महाभारत युद्ध के बाद गांधारी को पता चला कि उनका पुत्र दुर्योधन भीम और उसके बीच हुए गदा युद्ध में मारा गया था और वे दुःख से भर गईं।

इससे पहले गांधारी ने दुर्योधन को एक मजबूत शरीर का वरदान दिया था, जो कठोर-से-कठोर प्रहार का सामना कर सकता था; किंतु कृष्ण की चतुर रणनीति के कारण उसकी जाँघें उसकी दुर्बलता बन गई थीं, जो दुर्योधन के शरीर के इस हिस्से को गांधारी के वरदान के पूरे बल को अवशोषित करने से रोकती थीं।

इसलिए जब गांधारी को पता चला कि वह कृष्ण थे, जिन्होंने भीम से दुर्योधन की जाँघों पर वार करने को कहा था तो वे उनके पास गईं और अपनी संपूर्ण शक्ति से उन्हें शाप दिया, "हे कृष्ण! आप आरंभ होने से पहले ही युद्ध को रोक सकते थे! किंतु ऐसा करने की बजाय आपने युद्ध को प्रोत्साहित किया और मेरे सभी पुत्र और पौत्र अब मर चुके हैं। जिस प्रकार मेरा वंश अपने अंत तक पहुँच रहा है, आपका वंश भी आपकी आँखों के सामने मिट जाएगा। आप भी उसी प्रकार तड़पेंगे, जैसे मैं तड़पी हूँ।"

यह सुनकर श्रीकृष्ण धीरे से मुसकराए, "देवी गांधारी, आपको वास्तव में मेरे वंश को शाप देने की आवश्यकता नहीं है। जब किसी भी समुदाय में धन, अहंकार और मदिरा की अधिकता हो जाती है तो यह उस वंश के अंत का आरंभ होता है। यादवों को बाहरी शत्रु की आवश्यकता नहीं है। उनके स्वयं के दोष उन्हें नष्ट कर देंगे। सच्चाई यह है देवी गांधारी कि मैंने युद्ध को टालने के कई प्रयास किए; किंतु आपका पुत्र अपने पूरे हृदय से युद्ध चाहता था। आपको

मुझे दोष नहीं देना चाहिए। मैंने आपके पति को एक बुद्धिमान राजा और पिता बनने के लिए कहा था; किंतु वे वह सब करने में असमर्थ रहे, जो किए जाने की आवश्यकता थी। आपका पुत्र हठी था और वही अपने परिवार के विनाश के लिए उत्तरदायी है।"

कुछ दिनों बाद युधिष्ठिर को हस्तिनापुर का राजा बना दिया गया और श्रीकृष्ण द्वारका वापस लौट आए।

कुछ और समय बीत गया।

एक दिन क्रोधी ऋषि दुर्वासा ने द्वारका जाने का निश्चय किया। यात्रा के दौरान वे रात के लिए नगर के बाहरी क्षेत्र में रुक गए।

श्रीकृष्ण के पुत्र सांब का विवाह लक्ष्मणा से हुआ था, जो दुर्योधन की पुत्री थी। जब सांब ने सुना कि दुर्वासा ऋषि राजधानी में थे तो उसने अपने कुछ व्यसनी मित्रों के साथ मिलकर, जो अपनी मस्ती में थे, ऋषि के साथ एक शरारत करने का सोचा। सांब ने अपने पेट पर लकड़ी का एक टुकड़ा रखा और अपने चारों ओर एक साड़ी लपेटकर गर्भवती महिला का वेश धारण कर लिया तथा कुछ अन्य लोगों के साथ दुर्वासा से मिलने गया। वहाँ उसके मित्रों ने दुर्वासा ऋषि से कहा, "ऋषिवर, आप तीनों लोकों की सभी घटनाओं से अवगत हैं। क्या आप हमारी मित्र, इस प्रिय गर्भवती महिला को बताएँगे कि इसे पुत्र होगा अथवा पुत्री?"

दुर्वासा ने अपनी आँखें बंद कीं और अपनी शक्ति के माध्यम से जान लिया कि क्या चल रहा था। वे समझ गए कि ये युवक उन्हें धोखा देने का प्रयास कर रहे थे। वे अत्यंत क्षुब्ध हो गए और युवकों से बोले, "यह युवक न तो पुत्र को जन्म देगा, न ही पुत्री को। यह लकड़ी के एक टुकड़े को जन्म देगा, जो यादवों के वंश को समाप्त कर देगा।"

उनके शब्द सुनकर युवक चौंक गए और बुरी तरह भयभीत हो गए। बिना अधिक विचार किए उन्होंने तुरंत सांब से लकड़ी का टुकड़ा लिया, उसका चूरा बनाया और उस चूरे को सागर की गहराई में डाल दिया। अब वह लकड़ी कभी किसी को चोट नहीं पहुँचा सकती थी! उन्होंने साथ मिलकर निर्णय लिया कि वे इस घटना के बारे में किसी को सूचित नहीं करेंगे।

कुछ दिनों के भीतर सागर में फेंका गया चूरा समुद्र तट पर पहुँच गया और खरपतवार के रूप में बढ़ने लगा।

एक पूर्णिमा की रात समस्त यादव बंधुओं ने कुछ मौज-मस्ती करने के लिए समुद्र-तट पर मिलने का निर्णय लिया। श्रीकृष्ण उत्सव में उपस्थित नहीं थे। यादवों ने मदिरा पीना और एक-दूसरे का परिहास करना आरंभ कर दिया। शीघ्र ही वह उपहास विवाद में बदल गया और कुछ लोग किसी प्रकार के हथियार की खोज में इधर-उधर देखने लगे। उन्होंने समुद्र के किनारे बढ़नेवाले खरपतवार देखे, उन्हें खींचा और एक-दूसरे को उनसे मारने लगे। खरपतवार असामान्य रूप से मजबूत थे। उनमें लोहे की छड़ों जैसी कठोरता थी। शीघ्र ही लोग गंभीर रूप से चोटिल होने लगे और घातक रूप से घायल हो गए।

जब कृष्ण को समुद्र-तट पर उत्पन्न हुई गंभीर स्थिति के बारे में सूचित किया गया तो वे भागकर अपने भाई बलराम के साथ घटना-स्थल पर पहुँचे। किंतु तब तक बहुत देर हो चुकी थी। उद्धव को छोड़कर सब मारे जा चुके थे। कृष्ण के पुत्र और पौत्र उनके सामने रक्त से लथपथ, मृत पड़े थे। कृष्ण समझ गए कि गांधारी का शाप फलीभूत हो रहा था और पृथ्वी पर उनका समय समाप्त होने वाला था। उन्होंने उद्धव को निर्देश दिया कि वह अर्जुन के आने तक शेष यादवों की रक्षा करें।

बलराम, जो अपने भाई के निकट खड़े थे, उनसे बोले, "भले ही मैं इस जीवनकाल में तुम्हारा भाई हूँ, किंतु मैं सदैव तुम्हारा साथी रहा हूँ। मैं नागराज आदिशेष हूँ। कृपया मुझे अपने पहले यह संसार छोड़कर जाने की अनुमति दें।"

"आप जा सकते हैं, दाऊ। मैं यहाँ अपना कार्य पूरा करने के बाद इस सांसारिक रूप को छोड़ दूँगा।"

बलराम समुद्र में उतर गए और दृष्टि से ओझल हो गए।

तब श्रीकृष्ण ने अपने सारथि दारुक को बुलाया और कहा, "कृपया हस्तिनापुर प्रस्थान करें और अर्जुन को बताएँ कि मैं अपने अवतार का अंत करने जा रहा हूँ। वे यहाँ आकर यादव महिलाओं और वृद्धजनों को अपने साथ ले जाएँ।"

आँखों में आँसू लिये उद्धव उनके पास आए और बोले, "प्रिय कृष्ण! मैं

भारी हृदय के साथ अपना कर्तव्य पूरा करूँगा। मेरे लिए आपके वृद्ध माता-पिता का सामना करना बहुत कठिन है। मैं वास्तव में नहीं जानता कि जीवन क्या है। जब धर्म का अवतार इस तरह पीड़ित हो सकता है तो जीवन का सार क्या है?"

श्रीकृष्ण मुसकराए और उस पल में भी उन्होंने उद्धव को धैर्यपूर्वक जीवन की प्रक्रियाएँ और सबक सिखाए—अलगाव का महत्त्व, प्रेम, आत्म की पहचान, जीवन का पारगमन और सच्चा ज्ञान। इन्हें आज 'उद्धव गीता' के नाम से जाना जाता है।

तब श्रीकृष्ण पास के वन में चले गए और चलते-चलते थक जाने पर एक पेड़ के नीचे लेट गए।

उधर जरा नाम का एक बहेलिया समुद्र में मछली पकड़ने में व्यस्त था। उसने कुछ मछलियाँ पकड़ीं और उनमें से एक को काटा तो उसे उसके पेट में लकड़ी से ढका धातु का एक छोटा सा टुकड़ा मिला। उसे लगा कि वह उस टुकड़े को एक मजबूत अस्त्र में बदल सकता है और वह उसे तीर के शीर्ष के रूप में उपयोग करने का निश्चय करते हुए धार लगाने लगा।

बाद में वह उसी वन में गया, जहाँ श्रीकृष्ण लेटे थे। तब तक कृष्ण गहरे ध्यान में आ चुके थे। दूर से जरा ने कृष्ण का पैर देखा और गलती से उसे पक्षी समझ बैठा। उसने एक तीर चलाया, जिसने कृष्ण के पैर को छेद दिया। जब जरा पास गया तो उसे समझ में आया कि वह एक पक्षी नहीं, बल्कि मानव का पैर था। उसने कृष्ण से क्षमा की याचना की तो उन्होंने उसे सांत्वना देते हुए कहा, "यह तुम्हारी भूल नहीं है, पुत्र। यह मेरी नियति है। मेरी मृत्यु ऐसे ही होनी निश्चित थी।"

श्रीकृष्ण को श्रीराम के रूप में अपना पिछला जन्म याद आया, जिसमें उन्होंने अनैतिक रूप से पीछे से वार करके बालि को मारा था। बालि ने कहा था, "हे प्रभु! आपने ऐसा कैसे किया? यह आपके कद के अनुरूप नहीं है।"

श्रीकृष्ण ने श्रीराम के रूप में अपने अवतार में उत्तर दिया था, "आप मुझे मेरे अगले जन्म में सामने से मारेंगे, बालि। मैं आपको वचन देता हूँ।"

एकलव्य के पुत्र जरा के बारे में एक और कथा है। जब महाभारत का युद्ध हुआ तो वह एक शिशु था। एकलव्य कौरवों के पक्ष में लड़ना चाहता था,

क्योंकि उसे अर्जुन से शिकायत थी। यही वह समय था, जब श्रीकृष्ण एकलव्य से मिलने गए थे और उससे कहा था, "तुम एक शिकारी हो और तुम्हारी कला का उद्देश्य केवल भोजन के लिए शिकार करना और अपनी जनजाति की सुरक्षा करना है। युद्ध में हिस्सा मत लो, न ही किसी का पक्ष लो।"

हालाँकि एकलव्य ने उनके शब्दों पर ध्यान नहीं दिया था।

तभी श्रीकृष्ण ने एकलव्य को एक तीर से मार दिया था और चुपचाप चले गए थे, ताकि किसी को पता न चले कि क्या हुआ था।

बाद में एकलव्य की पत्नी ने अपने पति को मृत पाया और रोते हुए बोली, "जिसने भी मेरे प्रिय पति की हत्या की है, उसे मैं शाप देती हूँ। हत्यारा एक पक्षी की तरह चुपचाप भाग गया है और वह एक पक्षी की ही तरह मारा जाएगा।"

उस समय एकलव्य का पुत्र जरा एक शिशु था। उसकी माँ ने उसे पक्षियों का शिकार करना सिखाते हुए बड़ा किया। वह कहती थी, "तुम्हारे पिता को किसी ऐसे व्यक्ति ने मारा था, जो पक्षी की भाँति शांत था। हमेशा पक्षियों की खोज में रहना और उसका शिकार करके उसे मार देना।"

उस स्मृति के साथ श्रीकृष्ण ने अपनी नश्वर देह को त्याग दिया और स्वर्ग में अपने निवास पर वापस चले गए।

इस बीच अर्जुन को स्त्रियों और वृद्धों को हस्तिनापुर वापस लाने का कृष्ण का संदेश मिला।

जब तक अर्जुन द्वारका पहुँचे, कृष्ण अपना मानव शरीर छोड़कर जा चुके थे।

लोगों ने कृष्ण की मृत्यु का गहराई से शोक मनाया और कुछ के लिए, जैसे कि उनकी पत्नी रुक्मिणी के लिए, यह उनकी अपनी मृत्यु का अग्रदूत था। अपने पति के अप्रत्याशित निधन की सूचना मिलने के बाद रुक्मिणी की गहरे सदमे से मृत्यु हो गई। माना जाता है कि कृष्ण के पिता वसुदेव की मृत्यु ध्यान की अवस्था में हुई थी, जबकि उनकी माँ देवकी का अंत भी अचानक और अस्पष्ट कारण से हुआ था। निर्देशानुसार, अर्जुन ने शेष लोगों को स्थानांतरित करना आरंभ कर दिया। उनकी यात्रा के दौरान अर्जुन और उनके साथी यात्रियों पर अभीर जनजाति के लोगों ने आक्रमण कर दिया। अर्जुन ने अपने धनुष गांडीव

का प्रयोग करने का प्रयास किया; किंतु कृष्ण की उपस्थिति के बिना धनुष ने अपनी शक्ति खो दी थी। भरपूर प्रयास के बावजूद वे अपने सभी साथियों को बचा नहीं पाए और उनके साथ की कुछ स्त्रियों को अभीर जनजाति के लोग उठा ले गए। बहुत कठिनाई के साथ अर्जुन शेष लोगों को हस्तिनापुर ले आए।

इस प्रकार, श्रीकृष्ण का अवतार एक दुःखद तरीके से समाप्त हुआ और उसने यादव वंश के अंत का संकेत दिया। जिस स्थान पर कृष्ण की मृत्यु हुई थी, उसे 'भल्क' के नाम से जाना जाता है और यह गुजरात के पश्चिमी तट पर स्थित है।

□□□

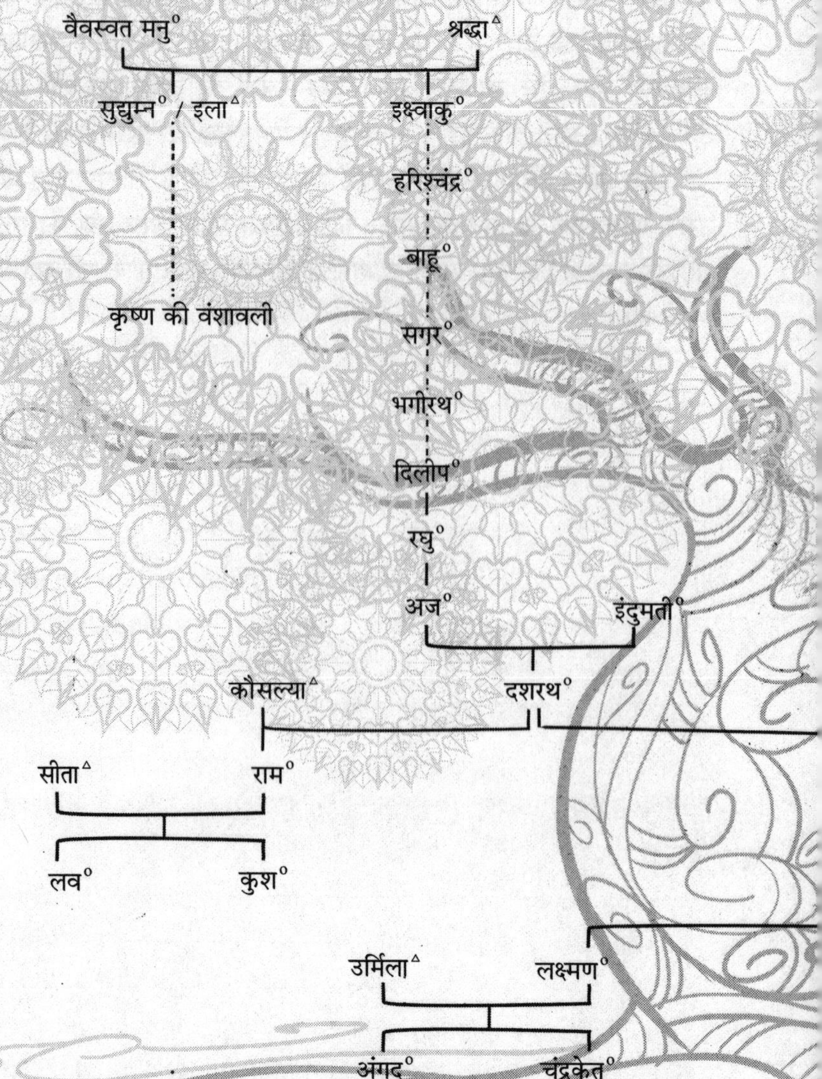
वैवस्वत मनु°
श्रद्धा△
सुद्युम्न° / इला△
इक्ष्वाकु°
हरिश्चंद्र°
बाहू°
कृष्ण की वंशावली
सगर°
भगीरथ°
दिलीप°
रघु°
अज°
इंदुमती°
कौसल्या△
दशरथ°
सीता△
राम°
लव°
कुश°
उर्मिला△
लक्ष्मण°
अंगद°
चंद्रकेतु°

स्त्री△
पुरुष°

राम का वंश

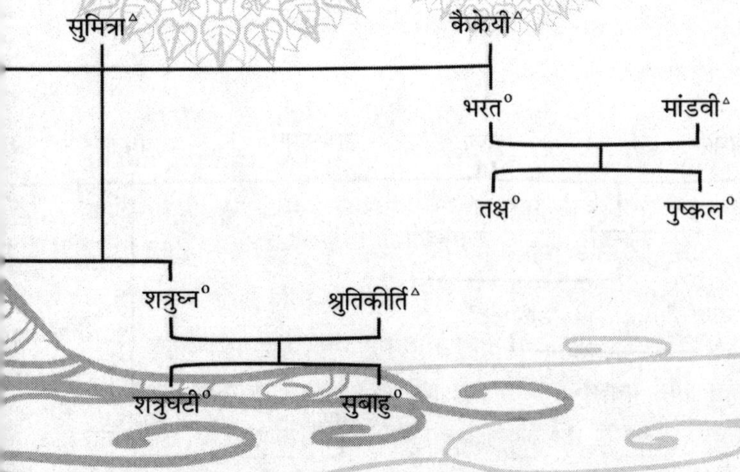

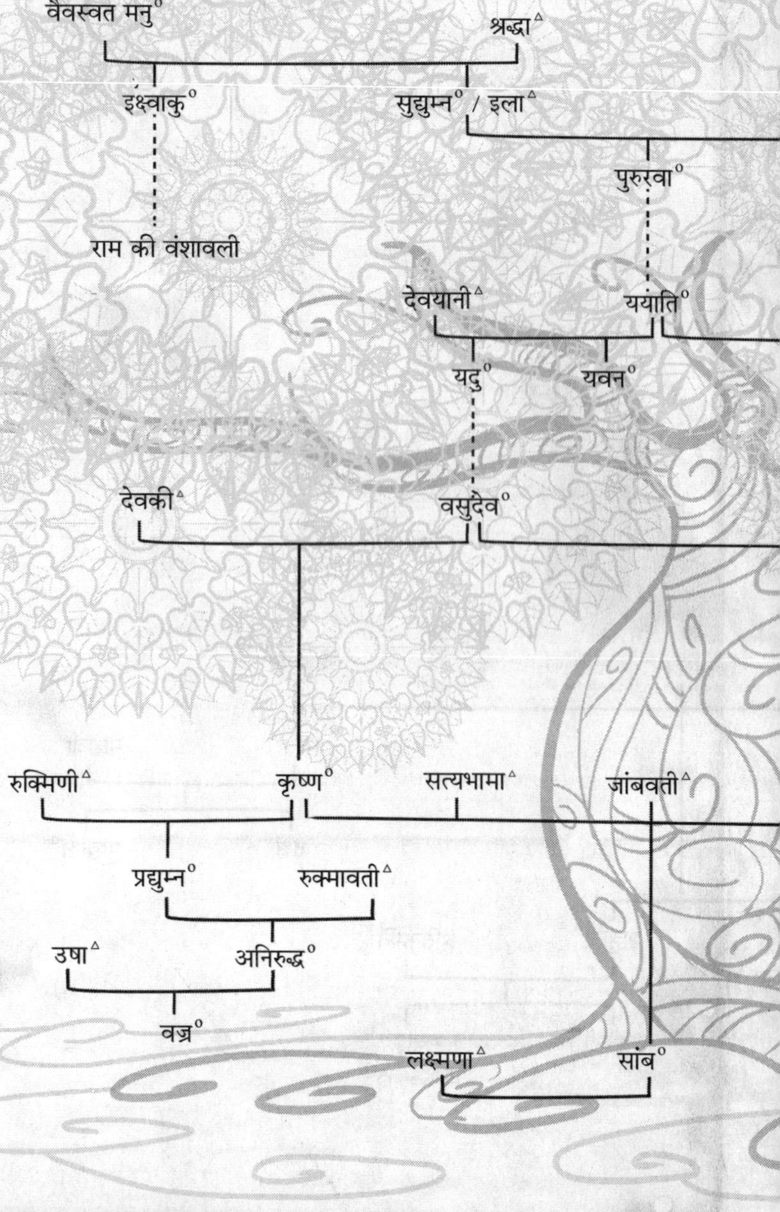
वैवस्वत मनु°
श्रद्धा△
इक्ष्वाकु°
सुद्युम्न° / इला△
पुरुरवा°
राम की वंशावली
देवयानी△
ययाति°
यदु°
यवन°
देवकी△
वसुदेव°
रुक्मिणी△
कृष्ण°
सत्यभामा△
जांबवती△
प्रद्युम्न°
रुक्मावती△
उषा△
अनिरुद्ध°
वज्र°
लक्ष्मणा△
सांब°

स्त्री△
पुरुष°

कृष्ण का वंश

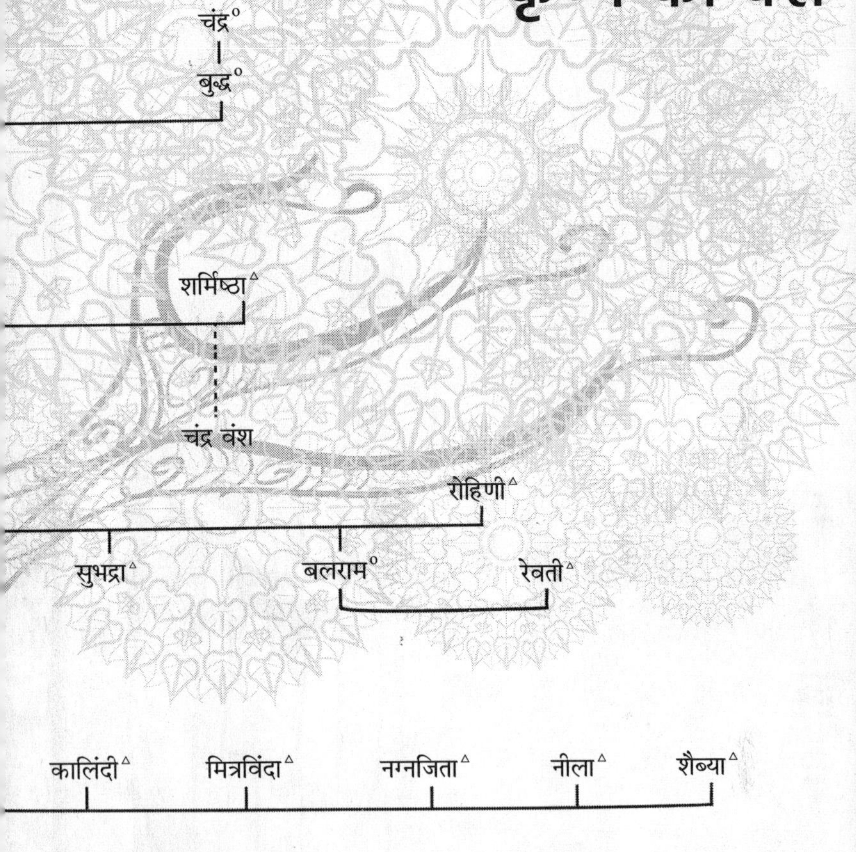